沖縄最大のタブー

琉神《ドラゴンキング》「尚円」

山下 智之
Yamashita Tomoyuki

風詠社

江戸幕府は二百年、琉球王朝は四百年、その倍である。

明治維新までのおよそ四百年間、琉球（今の沖縄）を治めていた第二尚氏。その始祖王「尚円」は幼名を「思徳《シトク》金」（歴史研究者の間では「うみとくがね」と呼ばれているが、本書では音読みによる当時の愛称である「シトク」と表記する）といい、今の伊是名《いぜな》島の小作貧農の子から大王朝を築いた。江戸の家康は知られているのに、首里の尚円は未だ知られていない。これまで語られることの少なかった「尚円」。その実像とはどんなものであったのか。沖縄の史跡を巡りながら地元の食材探しの旅を始めた主人公が、行く先々で謎の老人と遭遇し、知られざる尚円の物語に触れる。のちに王となる少年の足跡をたどることで、琉球王朝成立時の出来事とその歴史が明らかになっていく。

どうして、小作貧農の子が四百年の大王朝を築けたのか？

なぜ、その王朝は室町幕府応仁の乱の時代から明治維新まで絶えることなく続いたのか？

沖縄に移住してレストランを経営する著者が、五年以上の歳月をかけて歴史の現場を巡り、たどり着いた真実とは…。すべては史実に忠実に、沖縄最大のタブー尚円の謎が今ここに解き明かされる。

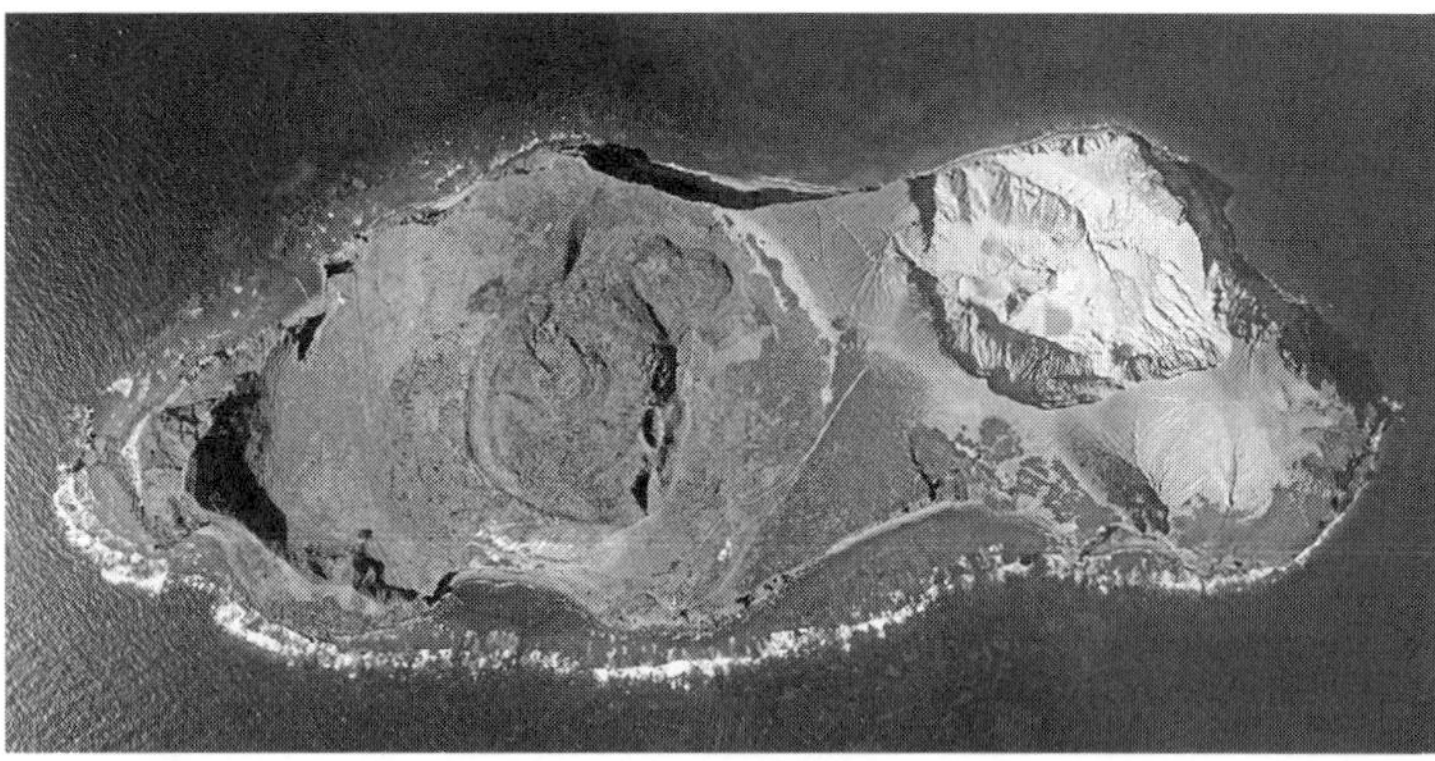

ドラゴンキング（琉球王）の島

目次

プロローグ（一九〇一年　東京）

一九〇一年（明治三十四年）、八月十九日、午後四時三十二分、皇居半蔵門を出た馬車は半蔵門正面に沈む夕日を受け、心なし悲しげに蹄鉄を踏み鳴らしながら、麹町方面に向かって侯爵の家に急いでいた。

この年、最初に輸入されたアメリケンの蒸気自動車は大蔵卿の専用車となり、ようやく江戸という名前から違和感なく東京と呼ばれるようになったこの都市には、江戸時代の藩主、藩王とその末裔が貴族に列せられて生きていた。

馬車には皇族華族担当の貴族院官長が、前席に座った侍女から状況の報告を受けている。

「で、尚泰侯爵のご容態は如何なものか？」

長州訛りを無理に抑えた言いぶりはこの時期の皇居、宮廷様の典型。

明治政府が、薩長連合の下級武士政権から天皇を中心にした皇族、貴族の政府に変化しつつあるこの時期、一八九五年の台湾全土平定以来、やけに繁栄と安定を享受しつつあった。

貴族院官長から尚泰侯爵と呼ばれた人物こそ、一八七九年、つまりおよそ二十年前まで琉球王国の王であった人物である。一八四八年、わずか四歳で王に即位し、浦賀来航に先立って沖縄県泊港にやってきたペリーと先に琉米通商条約を結び、日本のいく末を西洋化に舵取りせざるを得ない状況を作った首里のかつての主、激動の琉球王国に君臨していた王はたった五十八年の生涯を閉じようとしていた。

「琉王様は伏せられて、お座りになることも叶いません。侍医のお話では、今夜日が沈むまで持ちますまいと……。」

首里から付き添ってきた侍女は、はばかることなく尚泰侯爵のことを「琉王」と言った。

「もういいではありませんか。」

悲しみに言葉を詰まらせながら緞子《どんす》の袖で口を覆い、それでも気丈に琉球王朝の最期に立ち会う覚悟はできていた。

琉球処分によって薩摩訛りの木っ端役人に首里城を追われ、麹町で暮らし始めて、もう二十年。侯爵は、ことのほか欧米化する生活に興味と関心を示し、邸宅のそこかしこには新しい機械文明の片鱗が見えた。しかしそれは琉王の最期の抵抗だったことは、この侍女のみならず邸に暮らす皆の知るところだった。琉球の魂は変化を受け入れること、そしてそれに逆らわぬこと、そうやって時代を切り開いてきたからこそ、この王朝は四百年以上の長きにわたり南の島に君臨してきた。家康の徳川はたった二百年である。その倍以上、激動の島国を治めてきたその血には、変化こそ命脈《ヌチドウ》の気概が流れている。

琉球王という言葉に顔をしかめながら、官長が応じた。

「そうか、尚泰侯爵様は今夜が山場か。伊藤卿より、その時に立ち会い、侯爵様の典礼のご希望を伺うようにとのこと。やはり、侯爵様はお国でというお気持ちか？」

繰り返し侯爵という言葉を使うことで、琉王と言い放った侍女をたしなめる意味合いもあったのであろう。官長の中では、王という言葉にふさわしいのは、今出退してきた皇居におわす方のみである。

「そのことにつきましては、私は確認したわけではございませんが、おそらくご賢察の通りかと……。」

琉王は琉球の島にあってこそだ。この辺境の地で埋葬を望まれるわけがない。もういいではありませんか。今や明治政府は台湾を治め、台湾総督府をも置くようになって、琉球の地で今さら王国の復活を唱える者もおりますまい。尚泰王は琉球処分で首里を追われて以来、明治の政府によって再び那覇の地を踏むことを固く禁じられている。その必要もありますまい。

ことのほか先祖の魂に思いを馳せる習慣のある琉球のそのまた王が、生きては望めなかった祖先の地、琉人のあの風のもとにその屍だけは戻りたい、そう思うことは、もう王に確認するまでもないことなのだ。

もういいではありませんか。侍女は、何度も心の中で叫んでいた。

馬車は音のない響きを振りまきながら、麹町の英国大使館裏手にある尚泰侯爵の自宅に到着した。出迎えの侍女に促され、官長は静かに西洋風のそしてどこか唐様の内廊下を進み、奥の院ともいうべき侯爵の寝床のある畳の部屋に進んだ。脇には近しい家族と思われる集団と、侍医と思われるボータイの紳士が、侯爵のドス黒くなった細面の顔を一心に見つめている。

紳士の眼差しが、官長に時間のないことを伝えた。迷いもなく、その紳士を押しのけ、長身の官長は尚泰侯爵の顔に覆いかぶさるがごとく、意識のあることを祈りつつ言い放った。

「侯爵様、典礼は貴族院で執り行うとの、伊藤卿のご指図です。」

その途端、侯爵のこけ落ちた頬がピクリと動く。

「なみやかの、ウンドウにじて、タマイのくちに寝やむによそい。」

この垂れ込めた暗がりにいる十人以上の人間の中で、侍医と官長だけが理解できない言葉とも、歌とも呼べる音が侯爵の喉から絞り出された。

馬車から付き添ってきた侍女が訳した。

「琉王様は、琉球の風の中、玉ウドンに戻してほしいと申されておいでです。」（注：「玉ウドン」とは琉球王家の墓のこと。首里城外郭と伊是名島の二か所に確認されている。）

「構わん、院の方でまずは執り行うとの伊藤卿のご指示である。その後どのように扱うか、どこでお眠りになるかは、おまんらの勝手じゃ。」

またも侍女から飛び出した「王」という言葉に、ついつい長州訛り丸出しで官長は憮然と言い放った。もう何年も耐えてきた明治のお達しである。侍女を含め、一族に反論する者などいようはずもない。別の侍女が侯爵の耳元で、その内容を伝えた。いや、伝えるふりをして我らが琉球の王に上申をする。王の言葉を話す者と、客の言葉を王に伝える者とに分かれる、誰の指示でもなく自然と首里の儀礼で、この時の会話は執り行われた。

王はそれを聴き終えると、安心したかのように微笑みさえ浮かべたように見えた。

「ウンドウにじて、タマイのくちに寝やむによそい。」（島に返して、玉ウドンの隅に葬るように。）

再び琉球語が王の口から、今度は皆に向かうよう発せられた。

その瞬間、侍女も一族の者もなく、その場の全員が頭を畳に擦り付け、同時に言い合わせたかのように一寸の乱れもなく和唄した。

「ヲーーサーーれ。」

ただ二人、唖然と見守る官長と侍医の紳士の前に、その時、一族の者の影になって見えなかったものが突如現れ、二人をギョッとさせた。

人々の向こう、床の間続きにある違い棚に二つの岩のように丸重い物体。あまりにも大きな赤土色をしたその塊が、いわゆるシーサー、大和でいう獅子像であることに気が付くまで、官長も侍医もかなりな時間がかかった。

その時間、ずっと人々は頭を垂れ、身動き一つしない。寝床の侯爵はというと、微笑みを浮かべたような面持ちで歯をうっすらとむき出しにし、その体から生気が失せるのを自分で待っているかのようだ。ドス黒さが赤く変わり、やや青白ささえ増している。慌てて近寄った侍医の言葉を待つまでもなく、侯爵の息は絶えていた。畳に擦り付けた多くの頭を従えて、琉球の王としての威厳を取り戻した屍から魂はすでに抜け出し、琉球の島にあった。

王の魂が帰る場所、島の舳先、玉ウドンの本当の場所は、明治政府でも皇室の関係者しか知らない。それは表儀式用の墓、首里城郭内のものではない。沖縄本島の北部洋上に浮かぶ神話の島、イザナギの尊の出自とされるヤマトのタケル、そのまた先の祖先の島。後にこの侯爵の臨終の様子を聞いた天皇は、皇居から尚泰王と同じ、そのイザナギの島を見ていた。

イザナギの島の南端、ピラミッドのような石室の脇には、麹町にあった獅子の像そっくりの岩つくりがある。岩つくりのおもとは天皇の墓、墓石にもなった神話の石が眠っている。琉球王と明治の天皇が同時に見たもの、それは琉球の小島。神話の島でもあるこの伊是名島は、琉球王朝四百年の歴史が始まった島でもある。最後の琉球王が始祖の地として、そこに帰ることを夢見て旅立った。その目的地には、本当の玉ウドンの祠がある。

海に突き出したピラミッド三角山の祠は、四百年の時間を超えて琉球王の始祖の時代から聖地として扱われてきた。なぜなら、琉球始祖の王となる幼名シトク少年（思徳金《うみとくがね》）の生きた時代にも、すでにこの島はイザナギの尊を生んだ神話伝説に満ちていたからだ。尚泰王の魂は、そのシトク少年、のちの琉球第二尚氏の始祖王、始皇帝である尚円王と同じ、イザナの玉ウドンを目指して一目散に天を翔ていた。それはまるで四百年前の昔、シトク少年がイザナの島を海に向かって駆け出していたように。大志と夢と、そして希望に満ちて風を切る走りであった。

伊是名島（イザナ）、玉ウドンのピラミッド

第一章　黄色い石

一四二六年　イザナ島——

「待ちゃーーー!!」

後に「瑞雲」という大仰な名前を持つことになる母が大声で呼び止めようとした時、将来の琉球王の始祖シトク少年は手伝っていた稲藁編みの道具をほっぽり出し、すでに海に向かって駆け出していた。

痩せこけた顔、日に焼けたというより毎日の農作業で黒焦げになった肌、手足もどこも同じような焦げ具合だ。頭髪は後ろになびき、斜めに傾けると長いまま鼻や目にかかってくる、そんなことにはお構いなく、少年は「船じゃー!船じゃー!」と叫びながら、母にも聞こえよがしに時々頭を曲げつつ、小高い丘の上にある諸見《しょみ》の部落を飛び出そうとしていた。

島では稲作が盛んである。周りをほとんど稲作で使われた平野の多い小島で、ここ諸見の部落はその名の通り、遠くの水平線まで諸所を眺め回すことができる位置にあった。そのせいで少年の部落は耕作地に恵まれず、むしろ小作として働くか、猫の額ほどの田を山間の地で辛うじて開墾し、水を見つけて耕さねばならない。この位置関係と地理的条件が、この黒焦げのシトク少年を後に王となさしめることになる。

少年はもちろん、そんなことは知らない。ただ、自分の家から遠くの船を一番に見つけることができる。それだけが、近所の田んぼを持って豊かな暮らしをしている他の仲間たちに対する自慢であった。少年が駆け出すのは、「船が来た！」と言って、まだ誰も知らない島の下の住人に知らせてやるぞという気概もあった。

だがしかし、道すがら少年の「船だ〜」という声を聞いて喜ぶ者などいなかった。船は遠い首里のもの、泊湊《とまりみなと》の役人が乗り込んで、ただ島に寄って水や食料をねだっていくだけだから。実際、少年が駆け下りていく途中で、農作業をしていた多くの島人たちがそそくさと家路について行くのを少年は何人も見かけた。

村人が自分と一緒に走ってくれなくても、少年は良かった。ただ、自分の声に反応し、それが歓迎されようとされなかろうと、人々を動かしているという実感が少年にはたまらなく楽しかったのだ。

船は島の南、ピラミッドの山のようなとんがり岩を目指してやってくる。それが一番目立つから、そう船の役人から聞いた。どうしてこのイザナ島に立ち寄ることがあっても、すぐ北のイハヤ島に船は行かないのか。船員から、水がどうだとか、米がうまいとか、北のイハヤ島は山ばっかりだと聞いたような気がする。そして今日、少年はいつもの一番偉そうな役人に会って、約束の石をもらいたい一心で走っていた。

それは、前に船が来た際にシトクがこっそり船倉を覗き込んだ時のことだった。

「なにしよるか！」

一喝した役人には、シトクが積荷の石を盗もうとしているように見えた。捕まえられて船長に差し出された少年に、抵抗の意思はない。ただ物珍しさで見たかったという。泣きべそをかきながら懇願する少年に邪悪なものを一切見つけられなかった船長は、こう言って約束した。

「いいか、この次も船が来たら、米と野菜、水をたんまりと仕込んで来るんだ。そうしたら、きっと石をやろう。」

「石？」

少年にも分別はある。米や野菜が金になるのは知っていたが、石とは。怪訝そうな顔をしていると役人の説明が始まった。

「そう、石じゃ。おんらの島の北の方、三日もかければ黄色い石がようけ出よる。島全体が橙色の小さな島があるんよ。」

「黄色い石？」

「そう、黄色い石じゃ。首里はな、その黄色い石を隣の大国、明に売って稼いだ金で、おんらの米や野菜を召し上がることができるんじゃ。でな、その黄色い石は、明が馬を追い払う薬になるんじゃや。」

「薬？」

しゃべりすぎたかなと思った役人風情の船長は、これ以上話す気にはなれず早く切り上げたい一心で、こう言った。

「えーか。今度私らが来よいた時、たんまり米も水も用意してくれ。そしたら、その金になる黄色い石を一個やろう。」

役人にしてみれば、次の航海の調達ができるのであれば石ころ一個など安いものだった。黄色い石が金になるという話は、首里の御法度。だがどうせ、こんな少年に話したところで理解なんぞしまいて。そんな軽い気持ちで持ちかけた話だった。大人の島民は皆、逃げて逃げて、米一掴み調達するにも一日かかる重労働に嫌気がさしてのことでもある。

そうだ、今日は用意した米と野菜を渡そう。そして、役人船長が約束してくれた黄色い石とやらをいただこうじゃないか。何の役に立つのかも、どうすればそんな石ころが金になるのかはわからなかったが、その口ぶりと船倉の暗い山のようなゴロゴロした様子から、それがあながちウソだとも思えなかった。

貧乏なシトク少年にとって「金になる」と言う役人風情の言葉には、当然敏感である。少年はなだらかな坂を下り、島の中泊《なかどまり》、船の着く場所に向かっていた踵を返し、仲田部落の寄り合い倉庫に向かった。首里の役人に知られていないこの倉庫には、去年収穫した米の山が奥に眠っている。

すでに大人たちは、シトクの甲高い声を聞き避難した後だ。誰もいない米倉で少年は見つけた米を桶一杯に詰めるだけ詰め、持てるだけのウッチン（ウコン）を持って、またしても仲田湊《なかたみなと》を目指した。

龍頭を抱き、赤茶色に装飾された船は、これが首里第一尚氏王朝のものであることを誇示していた。舟渡しの板が仲田湊に掛けられるとホッとしたのか、たくましい船員たちがドヤドヤと渡ってくる。黄土色や海老茶色の長い腰巻、ベルト用調布を持ち、それぞれの首里における階層を明らかにしようと、船倉の作業で汚れた絹衣をはたいたり洗ったりしている。

船にいる間は、漕ぎ手であったり帆の張替え要員であった彼らも、一旦この首里まき調布を腰に巻き、その先を垂らし加減に身に着けると、立ち姿は役人の居丈高なものになる。さて、今日はどの辺で何をいただこうか。彼らの先祖は倭寇にも加担した海賊である。琉球の島々を渡り歩いて、もとはといえば、室町幕府の朝貢船、勘合貿易のお宝を頂戴するのが習わしだった。

しかし、室町幕府が一四一一年にその勘合貿易の明船を追っ払い、大和と明の貿易が絶たれて以来、明は琉球国を正式な貿易相手国に指名し、今や琉球の海賊はかつての御朱印船、勘合貿易船、つまり正式な貿易船として、この東シナ海を闊歩するようになった。

海賊が官製貿易船に変わったわけだ。よって海賊行為は一切禁止、まして島を略奪の対象にしない。それは、彼らが琉球の海を自由に支配し、蜘蛛の巣よろしく、その海域に侵入する朝貢船や貿易船の物資を奪い経済が成り立っていた時の暗黙のルールだった。それが、首里王朝が出来て琉球の王朝自体が明との貿易を開始して以来、そうした略奪行為は厳しく罰せられるようになった。今日の船も、その大事な朝貢貿易の差し出しもの黄色い石を積荷とし、首里城足下の泊湊まで運ぶのが仕事だ。

もう、海の海賊はいない。しかし何百年、いやひょっとすると何千年と引き継がれた彼らウミンチュ一族の血には、海賊、略奪の血が確かに流れている。その血が騒ぐ。かつての先祖と違うのは、首里によって認められた分だけを島で補給調達することが認められているということ。一人あたま、手に持てる食料と水、それが掟になっている。

海賊は掟に厳しい。そのルールが首里の王によって決められたかどうかは知らないが、頭領たる、我らが首領の泊領主が決めたルールなのだから、守るのは当然なのだ。今日も黄色い島からの帰り、ちょうど泊まで半分の位置にあるこの豊かなイザナ島で、片時の公認海賊行為が認められている。

人夫たちはそれぞれの位階を示す布を巻きつけながら、口々に今日はどの方向に行くとか、どの辺りに何があるとか、もちろん綺麗な娘の話は出るには出るが、本気で娘を狙っては、泊まで船底の小部屋に監禁されて悪くすれば首領に首をはねられる。そんなことは百も承知で、言葉だけ威勢のいい海賊を気取るのが、この場合は暗黙の掟と言ってよかった。

普段は魚の水面に跳ねる音さえ聞こえてきそうなこの仲田湊に、猥雑な会話が飛び交う中、シトク少年は勢いよく、怖いもの知らずで飛び込んでいく。

「おう、ボウズ、また来よったか。ほー、ちゃんと貢ぎ物も手にしとる。こっち来いや。可愛がったるで。」

何人もの人夫役人は、もうシトクとは顔見知りだ。親しげに続けた。

「ボウズ、オン様には、ねーやんはおらんか？　今度はキレーなねーやんでも連れて来んねえ。」

「勢理客《せりきゃく》に絶品のねーやんがおると聞いた。どこんちか教えてくんねー。」

口々に叫ぶ歓迎の言葉をまんざらでもない様子で聞き流し、シトク少年は一目散に渡しの板を駆け抜け、船のやや後部そこだけ部屋のしつらえのある船頭室に向かっていった。

「オンドーオンドー、米やで、水やで、ウッチンもあるデー」

イザナ島に照りつける太陽のように一途で迷いのない声に、オンドーと呼ばれた船主船頭が現れた。

他の人夫と違って普段から位階衣を身に着けている立居振る舞いは、少年の憧れでもある。

「そうか、そうか、よう持ってきよった。」

この日の自分の略奪分は、これで十分。あとは部下の者たちが、それなりに首里のルールで調達してくるのを待てばいい。この一時が海賊の血を引くウミンチュの息抜き、楽しみでもある。そこまで人夫どもと共にしなくてよくなったと、船頭は内心ホッとしていた。

「オンドー、約束じゃ。石じゃ石。」

怖いもの知らずの少年は、首里のこの役人に約束を果たせと迫っている。オンドーもそこはウミンチュ、誇り高き男である。そうだそうだと頷きながら少年を手招きし、船倉に通じるハシゴのしつらえられた四角い穴に招き入れた。

船倉は暗い。そして、あの火山によくある硫黄の臭いが息を詰まらせる。こんな中で、あの人夫たちは動いているのかと、少年はその臭いを体臭と思い込んでいた。男たちの汗はなんと息苦しいことよ。無理もない、黄色い石が放つそのムッとする硫黄の臭いを、この時のシトクはまだ知らなかったのだから。

軽々と船倉に降り立ったオンドーが自慢げに指差した方向を眺めて、少年はたじろいだ。男たちの体臭の大本、黄色い石がいくつかの山に分けて盛られているではないか。たぶん、重さの関係だろう。石の量は船倉の体積に比べれば、まだまだ積み込める空間を残している。だが、きちんと積み上がった黄色い物体のそこかしこからうっすらと立ち上る、これまた黄色い砂煙、モヤのようなものが空間一杯に充満し、船倉に差し込んだ太陽の光の行くスジを、はっきり何本もの直線で浮かび上がらせている。

「これが金になるんか?」

「なるなる。遠い国に行って、向こうでは馬を追い、獲物を射る道具に使われるそうじゃ。これはな、金になる石ぞ。」

恐る恐る近づく少年は、何度もオンドーの顔色を窺いながら、さてどれをいただこうかと思案し始めていた。金になるなら大きいのが欲しい。が、あまり大きいときっと誰かにばれてしまう。とっさに少年は藁葺きの作業をする貧相な家の中で、唯一自分しか触らないであろう裏庭のガジュマルの木の下、小さな石積みの隠し場所を思う。それに合う大きさはこれだ! 少年の手のひらには大きくてすべてを握ることはできないが、それでもボロボロの袖口に抱きしめれば、誰にも知られずに島の道を登って帰れる。

頭にはもう、どこを避けてどう通って帰ろうか、そんなことが浮かんでくる。途中、お節介な村人に捕まれば気付かれる恐れもあるだろう。この小さなイザナ島では、一人に知られるということは全員に知られることを意味する。それだけは避けたい。なにせ、ホンモノの金になる石なんだから。

「そんなのでいいのか？」

思ったより小さな黄色いイシツブテを手に取ったシトクを見て、船頭は不思議に思った。こいつの性格からして大きいのを取ろうとするだろうから、それを諌めようと、そんな想定で動きを見ていたからだ。オンドーの許しを得た少年は、その場にも誰かが潜んでいるのではあるまいかという勢いで、隠すように汚れて真っ黒になった袖口に黄色い石を仕舞い込んだ。

そうか、そういうことか。隠しやすい大きさを選んだのか。怖いもの知らずの鈍感なただの小僧と思っていたが。オンドーの中でイザナの少年の印象は少しずつ、ここから発酵し始めた。

一四二六年、この頃、シトク少年は十一歳。四年後の一四三〇年には、後に琉球王の王位を継ぐ弟が生まれる。弟が生まれる頃までに、シトクは十五歳になる。首里船の補給の手配を手がけ、汗臭いにわか役人どもが島を荒らすかわりに、島民を代表して補給に必要な米や水、食料を支給する役回りを負っていた。シトク少年に黄色い石をくれたオンドーは泊の役人として出世し、船頭はもう何人か代わった。

あの時、誰にも知られずに諸見の生家裏、先祖代々の骨や臍の緒を祀ったそのシトクだけが知っている小さな穴ぼこに、黄色い石は放り込まれたまま忘れ去られていった。

二〇一八年　幸喜《こうき》――

「ヤマトンチュか?」

いつものように名護市幸喜《こうき》にあるレストラン「恩ザビーチ」の脇にある砂浜の祠、御拝所《ウガンジョ》で始業前の祈りに手を合わせていると、背を向けた海側から唐突に声が聞こえた。

琉球のこの島には、地元の者にしかわからないしきたりや禁区がたくさんある、レストランの経営を引き受けたばかりの私は「儲かりますように、損しませんように」などという自分本位の祈りに没頭していたため、いたずらを見つけられた子供のような心境になり口ごもった。

「あ、はい。ここのレストランでお世話になっている者です。」

やってしまったか?　ここはウミンチュの向こうに見えるアミジャシ龍宮、その海の神に航海の安全を祈る場所とは聞いていたが、ウミンチュ以外の人間が祈ってはいけないとは聞いていない。

おどおどしながら立ち上がると、ちょっと見かけない感じの真っ黒でいかにも海の人間に見える痩せこけたおじいが、ちょうど船から上がったかのような生臭さを漂わせながら、こちらに近寄るでもなく、小さな背を丸めてじっと私を見つめていた。

「ここん神、知っとるか？」

私はおじいの機嫌を取ろうと、祠から二、三メートル離れた砂浜の上にある重い木で出来たレストランのテーブルに案内した。おじいは差し出した冷たいサンピン茶に手も付けず、渇いた喉から同じ質問が飛んだ。

「ここん神、なんか知っとるか？」

「はい、そこのアミジャシ龍宮様《りゅうぐう》をお祀りしてあると聞いています。」

私はさもよく勉強してますよとばかり、すぐ目の前に見える砂浜の龍宮岩《りゅうぐういわ》を指さしながら、そう答えた。近所ではアミジャシと言われる砂浜に湧いて出たような岩つくりだ。

気難しそうな老人は微動だにしない。こっちの答えに満足したのか不満なのか、それすらもわからなかった。レストランから見える夕日は美しい。龍宮の上に架かろうかとする夕日が真正面に輝く。このビーチのレストランを引き受けたのは、まさにこの夕日のためと言ってもよかった。それにふと見とれていた心を読んだかのように、おじいは言った。

「夕日はな、見るもののマブヤーを見しとくれとるんよ。」（夕日は見る者の魂を見せてくれる）

マブヤーが魂という意味だということくらいは最近やっとわかってきた私だったが、またも酔いしれた気持ちを見透かされたようで言葉もなかった。しかし、どうやらこの老人には言葉が必要ないようだ。

「そう、なんも言わんでええて。龍神はな、ヤマトンチュの海に生き、空を翔る龍ではのーて、この琉球の神という意味じゃて。」

琉球の神？　それはいったいどんな形だろう。そんな心の疑問にうなずくかのようにおじいは続けた。

「そう、琉神はな、この島をなごーして豊かな島にしてくれた、その神のことじゃて。」

豊かな島？　いつのこと？　長くとはどのくらい？　今度は首を振った。

「この島がの、うちなんちゅ同士争っていたらのう、これこの夕日も豊かに夕凪は来ん。琉球の島を治め、和合して豊かに、ウミンチュの世を作ってくれた琉球の始祖の王がおったんよ。その王のおかげで、これ、この物見の人間すらも夕凪を感じられる。その王に感謝じゃて。」

おじいの目が少し、砂浜に続いているレストラン「恩ザビーチ」を盗み見たような気がした。「物見の人間」というのはどうやら観光客のことらしい。怒ってはいないようだ。ただ私に龍神の、いや正しくは琉球の神の正体を知らせに来ただけのようだと気が付いて少しました汗ばんだが、夕なの風を感じる余裕も出てきた。その気持ちもたぶん知られていただろう。

老人は抑揚もなく続けた。

「向こうのシナ最後の王朝、清は何年続いた？」

「……。」

「三百年じゃ。」

知りませんと声に出す必要は、もうなかった。

「明はどうじゃ？」

「……。」

「二百八十年。何も知らんのじゃのう。では、大和んことはどうじゃ？　鎌倉幕府は？」

「……。」

「大和んことも知らんのか？　それでよう生きておれるわい。百五十年」

「すみません、歴史家じゃないもんで。」

「うるさい。歴史は知らんでも己が国のその礎は知っとるじゃろ。では、ウンジュ（お前さん）の国の文化、最近の将軍はどうじゃ？　江戸の時代は何年じゃ？」

「それなら知ってます、二百年です。この二百年の長きにわたり平和が続いたので、日本人は平和主義者になったと。乱も好みませんし喧嘩もしません。」

「そういう、喧嘩ごしの口はきいてものう。」

「大きなお世話です。」

「じゃて、ま、その長きにわたったヤマトンチュの今につながる文化の基礎が、その二百年の江戸の平和にあったという。それは正しい。ほめてやるぞ。」

「有難うございます。でも何が言いたいんですか？　そろそろお店も始まるし。」

「待て待て、こんからのう、ウンジュに話してやろうと思うんじゃ、」

「なにを？」

「その琉球の神の話を。清は三百年、明も二百八十年、ウンジュの江戸にしてもたった二百年、この琉球の神が治めた治世はのう、その倍の四百年じゃて。」

「あーあ、どうせ大昔の話でしょ。神話の時代には四百年くらい王朝があってもおかしくはないし。江戸は、ごく最近、明治維新まで続いたし、今でも将軍の子孫なんかもはっきりしてるんですよ。そういう今の時代の二百年と、大昔の四百年では比べようがないじゃないですか。」

「うつけものめ。その琉球の神の世は、江戸と同じ明治維新まで続いておった。」

「えっ？」

「さて、問題じゃ。明治維新まで続いた四百年の王朝、その始まりはいつじゃ？　その時、ウンジュの国大和はどんな時代じゃった？」

「えっと明治維新が一八六八年だから、えっと四百年前というと一四六八年、えっと、えっと」

　スマホをいじっては答えを見つけようとして手こずっていると、おじいは言った。

「四百年前、大和は室町幕府、足利義政の時代じゃ。室町幕府、応仁のその時代からごく最近の明治維新まで、この琉球の地はな、一つの王朝、一つの血筋で治められ、ウミンチュの世、夕凪の世が四百年続いたということよ。」

「ウソだ、そんなの。どうせ戦国時代とか、形だけ同じで実質はどんどん変わったんでしょ。この琉球でも。」

「もう、付けるぬちぐすいはないほどの、フリムン（あほう）よのう」

　むっとすると、ますます楽しそうな声が返ってきた。

「始祖の王、尚円王の子孫が、ずっとその四百年続いたんじゃ。ウミンチュの世、海の世、交易の世は、この琉球に富と平和、何よりこの今感じておる夕凪の夕日、こうした琉球の平和はすべてこの始祖王尚円がお作りになったのじゃ。江戸の将軍同様、四百年前の尚円王様の子孫は今も続いておる。」

「すごいじゃないですか。たった二百年の鎖国時代でも日本人のアイデンティティーに大きな影響があったと言われています。四百年も続く世があったなら、それこそが琉球人、沖縄の人々のＤＮＡ、物事の考え方の基本を作っていると言ってもいいんですよね。そんなすごい時代があったなんて知らなかった。」

「そう、その通りじゃ。この琉球の神、始祖王尚円様のことを知らずして、琉球人のことはわからん。わしらの祖先から四百年続いた平和の世の基礎を学べば、ここ沖縄の地のうちなーんちゅの本当の考えがわかるというもの。わしは、それをお前に伝えてやろうと、やってきたわけじゃ。」

「そうすると、ここに祀られているのも、その琉球の神ということですか？」

「その答えは、すべてが終わってからじゃ。」

老人は、その始祖王尚円が残した第二尚氏と言われる時代の最後の琉球王尚泰の臨終の場面、そのごく最近、日本の近代まで続く悠久の四百年前、始祖の王として琉球の夕凪を作り上げた尚円が、実は北のはずれ、伊是名島の貧乏な小作農のせがれから王朝を作ったと言う。その話をティーダ（太陽）が傾くほどのゆっくりと、しかし同時にとどめようのない確実な勢いで話し始めた。

　私は、老人の話を聞きながら、心は明治の時代、そして老人の言う伊是名（イザナ）の島、さらにシトク少年が暮らす貧乏な小作の家へと飛んで行った。

幸喜浜のアミジャシ龍宮

第二章　逆田

一四三五年　伊是名島――

シトクの家は小作の、そのまた最下層に位置していた。

琉球船に補給を差し出すかわりに年貢の減免を受けられたイザナ島の人たちは、その琉球船といつも渡り合ってくれるシトクに一目置き、生活はそれなりに安定していた。シトクに弟が生まれた頃が、この島にあって一番幸せで平和だったと言っていいだろう。そんな日々にあって、シトクのエネルギーは尽きることがなかった。小作の仕事が比較的少なくなる冬には、こっそりと諸見の北のはずれにある天城《あめしろ》山に分け入り、新しい田んぼを開拓して一家の生活を豊かにしようと必死だった。田んぼを持てれば小作から解放されるからだ。

シトクの新田は山の中、小高い丘の連なるその真ん中を小さな鍬や手彫りの棒で少しずつ開拓していく。平地を作ること自体は問題ではなかった。時間と労力をかければ、それに見合った平坦地は確保できた。シトクが知恵を絞らなくてはならなかったのは、水である。田を耕し稲作を進めるには水を確保しなければならないのだが、小作の分際で他の田から水を引くことなど許されようもない。特に小さな島の耕作地では、一気に降る南国の雨水をいかにして蓄え、そしてそれぞれの田持ちに平等に配分するか、それこそが生きるための戦いだった。そのような状況で新田の水を乞うことなど、とてもできはしない。

シトクはそれでも山を掘った。池にしようか、あるいは少しだけでも草木の茂る緑の中に水を貯めることができはしないか、そうやって挑戦を続けていたある日、掘り進む山の中腹に足を踏み入れたシトクは泥の中にくるぶしまで取られてしまった。

粘土質の土壌が水を含むと、思いのほか足は抜けない。無理に先へ進もうとしたシトクは、取られた右足を軸にばったりと山肌のぬかるみに倒れてしまった。体を支えようとして出した手もまた、泥に食われる。その手を抜こうともがくうち、シトクはついに体全体を泥の中に沈めてしまい、涙が出てきた。田主はみんなシトクのような小作に耕させ、毎日を優雅に暮らしている。一方の小作は他人の土地をどれだけ耕してもその日暮らしだ。そして今、新田を作ろうと分け入った山の中で自分は泥だらけになっている。

世の中は、なんと不平等なことよ。泥に染まったなけなしの衣服を、老いた母はどんな目で見るだろうか。ええい、どうにでもなれ。少しでも洗いの苦労をかけまいと、体を浮かせていたシトクの筋肉がついに抵抗をやめた。衣類の袖口、背中、腰、肩、ところ構わずヌチャヌチャヤとして、自分が泥に沈んでいくのがわかった。母ちゃんゴメン。苦労かけまいと新田を作っていたのに、また余計な仕事を増やしてしまった。泥まみれになった体でシトクは一人、声を上げて泣いた。

ひとしきり泣いて涙も枯れると、仰向けの体を腹ばいにし、泥でへばりつく衣服をなんとか持ち上げた。四つん這いになり前に進む。海に行けば洗える。そのアイデアこそが最高に思えたシトクは、獣のように泥の中を前進した。五、六歩進んだであろうか、そこには乾いたいつもの赤っぽい砂地が現れた。助かった。そう叫んで立とうとしたシトクに、電光のようにひらめく考えが落ちてきた。

その考えに従うように、シトクは脱ぎ捨てた衣服を放るのももどかしく、丸裸のままさっきまで恨めしかった泥に向かって突進していった。途中、考えもせずへし折った太い木の枝を使い、そこらじゅうを掘った。泥が枝に絡みつく。軽い枝を何度か地中に放り込むと赤茶色の粘土の塊をたっぷりとつけた重量物になっていく。何度も何度も枝を折っては泥をつけ、外に放り出した。しばらくすると泥の中に大きな鉢状のくぼみを作ることに成功した。

「水だ！」

くぼみのその狭まった一番下に、指一つ分ほどのぬめぬめと光る液状の水が溜まり始めている。それを掻き出してみる。何度掻き出しても下から水が湧いてくる。シトクは叫びたい衝動を抑えて、このジワリと湧き出す命の水を何度も何度も手にすくい、体に塗りつけた。

湧き水の発見から半年、シトクはそこから自分の新田にわからぬよう、目立たぬよう、水を誘い込むことに熱中した。掘っては草をかけ、草をかけては掘り進む。外目には山肌の違いがわからぬよう、命をかけて水を引いた。楽な作業ではない。山肌には粘土のように軟らかいところもあれば、層になった硬い石の壁もある。その壁を一つずつ取り除かなければ、水は思った方に落ちてはくれない。

そんな石の層に、シトクはもう一つの発見をしていた。例のあの首里船の積荷、少年時代に一度見たあの黄色い石がほんの少し混ざっていたのだ。いや混ざっているようにシトクには思えた。小さな黄色い部分に何度も鼻を近づけてみたが、あの男たちの汗の臭いと間違えたムッとする腐った臭気は感じなかった。金になる石、新田に水、今はこれだけで十分だ。金になる石は確かもっと北にあるはずだ。航海で三日かかって行く島にはたっぷりとあると聞いた。今はここ、イザナ島で少しの田んぼを持つこと。それで十分だと思った。

世の中は諸行無常。シトクがセッセと新田の開拓に勤しんでいたこの時期、大和では室町幕府が、完全に中止していた明との勘合貿易を復活させる動きが起こる。それは、天候そして大和の不作のせいでもあったが、それ以上に明がこの時期に流通させ始めた「永楽銭」という通貨のためでもあった。一四二一年にモンゴル人を追っ払い、北京遷都という大事業を成し遂げた大明は、十年を経て財政問題に直面する。その解決法は今も同じ、価値の創造である。つまり、貨幣の永楽銭を流通させ、世界の貿易をその通貨でまかなうことができれば、明は永遠に物資の輸入国として、消費大国として世界に君臨していける。

通貨を多く流通させせるには、正式な秩序立った貿易をできるだけ多くの近隣諸国と行うことが重要になる。一四一一年以来、貿易の途絶えた大和の国、室町幕府と勘合貿易を復活させるのは当然の成り行きだった。そうすれば、大和貿易をも牛耳って我が世の春を享受してきた琉球貿易が、一筋の陰りを見るのもまた、行きがかり上仕方のないことであった。

室町幕府、首里王朝、その両方ともが正式な貿易船となってくれれば、海賊しかいなかった大昔の混沌とした海原に逆戻りである。違うのは、どちらも錦の御旗を掲げ、双方の政府王朝の権威を後ろ盾にしているということだけだ。そして、無法地帯で統一性のなかった海賊時代よりも、むしろこの方が厄介なのは誰の目にも明らかだった。なぜなら組織的海賊行為の始まりだからだ。

貿易の中継点にあったイザナ島ですら、その厄介な問題に否応なく巻き込まれていくことになる。さすがに首里船は味方。秩序立った補給提供と年貢の交換が平和に行われ、もうその関係が十年以上続いてきている。厄介なのは、ヤマトンチュの船。これまでは、大和は正式の貿易船ではないので、イザナにもしやって来ようものなら追い払えば済んだ。逆に琉球船の公式の補給地を襲おうとする大和の海賊船など、この遠い南の島に来るはずもなかったのだ。ところがである。勘合貿易の再開で、遠くを通る大和船が二年に一回くらい見受けられたと思ったら、ついに一四三七年、シトク二十二歳の時、恐れていたことが起こってしまった。イザナ島に室町勘合船が何の前触れもなく入港してきたのだ。

その船を見つけたのもシトクだった。諸見の部落、仲田湊を見下ろす高台にあった生家で朝駆けの支度をしている時だった。「船だ～！」といつものように叫びかけたシトクは、声を失った。首里船ではない。明らかに船体が黒く、あの丸みがない。尖った船首には龍頭もない。明船か？　最初はそうも思ったが、明船なら少なくとも龍頭にかわるものがついているだろう。そして、帆の上層には三角の破風紅旗がはためいているはずだ。色もなく、形も四角い。マストには、白地に地味な黒の家紋のようなものが見えるだけだ。船頭らとの話に聞いていた、時々見かける大和船室町の勘合船だと悟るのに、時間はかからなかった。

次に思ったのは、昇竜剣ではなく、日本刀。見たことはなかったが、鋭利な細い剣は、その女性的な出で立ちとはかけ離れて、近接戦での殺傷能力は高いと聞いた。芸術的に磨き上げられたその大和刀を、黙って突き立ててくるという。立派な青年になったシトクに恐れはなかった。それよりも、自分しかいない、ここを治めるには自分が湊に行くしかあるまいと感じた。

六歳になっていた弟を近所のおばあに預け（二年前に両親は亡くなっていた）、道すがら島人には裏の内花《うちばな》部落に逃れるように言い、もし何かあったら、対岸の具志川島まで島のウミンチュに渡してもらうよう言い聞かせながら、湊に向かった。

黒い船体の上部に二、三人の薄い着流しの男たちがいる。刀を持っている風はない。

「おー～い。ヤマトンチューーー。なこそいらいや～～～？」（大和の人、何しに来たー？）

言葉が通じるかどうかもわからない。一旦、船底に消えた人影が今度は五、六人に増えて現れた。手には黒い棒を持っている。大和刀か？　ぞろぞろと固まって上陸する集団は、たった一人のシトクにおののきながら、にじり寄るように間合いを詰める。刀を抜くそぶりはしていないのを確認すると、もう一度声をかけた。

「なこそ、いらいや～？」

男たちの一人が、何かを叫びながら近寄ってくる。何人かは田んぼの稲を踏み荒らし、刀で面白そうに斬り進みながら、奥の山手を目指そうとしている。シトクは、その異常な行動と言葉の通じぬ苛立ちで駆け出していた。

湊の番屋からウミンチュの使う貝採り用の棒切れを持ち出し、手にかざして向かって行った先には、数人の男たちがすでにいて、裸に近い格好で近くの井戸水を汲み上げようとしていた。

　先に手を出したのは、シトクの方だった。鋭いモリの先端をところ構わず比較的背の小さな男らに突き上げる。何人かは散らすように避けていったが、そのうちの一人、用心棒のようなガタイの出来上がった黒光りの体がシトクの首筋めがけて突進してきた瞬間、シトクの視界は草の根の中にあった。

　シトクが目覚めたのは、仲田の田主の家だった。高床の縁側に張り出した廊下からすぐの畳の上に柔らかい布団を敷いて寝かされている。ぼんやりとするまなこで近くには女、男、そして、おばあ、おじいの顔が見える。どの顔も見知ったしまんちゅだ。よかった。生きていた。で、囚われることもなく、この島で目覚めた。そのことに安堵すると、自分が一度も横たわったことのない畳の上に寝かされているのを知って、面映ゆい気分である。

「たまみ、ヨンどんで。」（魂が戻った。）

「きないほして、きないほして。」（そっとしとけ、そっとしとけ。）

　自分はどうやら手足に刀傷を負いながらも、島からあの連中を追い出したようだ。おばあの一人が差し出した懐かしい六歳の弟の顔をぼんやり眺めると、シトクは再び眠りに落ちていった。

この最初のヤマトンチュの到来以来、島には一年に一度の大和の勘合船と、月に一度の首里の琉球船の両方が立ち寄るようになった。そしてそのどちらの船にも、シトクは顔見知り、島と船員たちの間に立つ役回りだ。大和船の船員の中には、毎年寄るこの南の小島でシトクと親しくなる漕ぎ使い手も現れた。特に、シトクと同じ歳の「正弦」という者がそうだった。合う坂（大阪）の湊からいつもやってきては、京の様子と大和の品を手土産にシトクと毎夜、島の夕日を肴に水杯をあげた。シトクには想像もつかない合う坂、明の様子などを教えてくれる者も現れた。シトクは自分より多くの世界を見ているこの青年がうらやましくも、到底島を抜け出すことなどできぬものと諦めて、紅に染まるそのヤマトンチュの白い頬からとがったあごに伸びる伸びやかな頬骨をいつも、沖に浮かぶ海ギタラ（切り立つ岩のこと）を見るふりをして盗み見ていた。

琉球は相変わらずウッチン（ウコン）と黄色い石を輸出し、勘合船は絹や木綿、それに和紙などをたんまり積んで明を目指した。正弦ら船員から首里と大和の両方の情報を得ていたシトクは、自然と島の外の世界、強大な力が蠢く大地の世界に憧れるようになるが、到底その気持ちを分かち合える友など島にはいようはずもなかった。

いや、たった一人、シトクのそのとどめようもない思いを打ち明けられる人、首里に行きたいとつぶやいても決して村八分だなどと言い出さぬ女がいた。宇喜也嘉《おぎやか》、後の琉球王朝第二尚氏最初の妃となるキヤは、シトクのいる部落「諸見の里」からまっすぐに西へ約四キロ、ゆっくりとしたロバの足で三十分はかかる場所にいた。大和船との大立ち回り以来、シトク青年は島の娘たちの憧れの的となり、どこに行っても世話を焼こうとする女たちに囲まれていたが、シトクの心はキヤにしかなかった。キヤはシトクの一つ上、勢理客部落の田持ちの家、そのキヤの寝床に日が沈んでから通うシトクは、小高い城山を越え獣道の池のほとりを過ぎ、いつも長々とした月明かり、星明かりを眺めながら、どこか遠い大陸でも見上げている人間がいることを想像せずにはいられなかった。何度かの夜這いで、シトクとキヤの心はもう決まっていた。だがしかし田持ちのキヤとシトクが結ばれるには、シトクが田持ちである必要があった。水利権を守ろうとするこの小さな島の掟である。小作は田持ちとは添い遂げられない。

長年、小作のシトクだったが、あの天城山下の小さな田んぼがある。誰からも水をもらわず、誰の手助けも借りずにその小さな田んぼを幸せに耕していたシトクであったが、キヤとの契りを正式なものにするには、その新田の存在を皆に知らしめなくてはならない。田持ちの事実を島に知らせることは、本当ならしたくなかった。なぜなら、水はどうしたとか、誰が耕すとか、今までは事実としてなんとなく島人はシトクの新田のことは知ってはいても、それはあくまで裏庭のこと、家の一部でゴーヤやヘチマを作付けしていることにまで文句を言うほどではなかったが、それが田持ちの証明となると難しい問題になるということは、キヤにもシトクにも十分わかってはいた。

若者の気持ちは単純である。小さくとも田持ちになれば、小作の仕事を失ってもキヤの田を耕せばいい。そうなったら、あんな新田なんか、いつ放棄してもいいのだ。その気持ちがあれば島人も認めてくれるだろう。二人は、夜這いの道を照らす月夜の夜しか会えないこの現状をなんとか壊し、イザナのグスク様に誓って契りを結び、早く一緒に暮らしたい一心だった。

新田を公表すると、島人の反応は予想通りだった。

「水はどうする？　もう他に回す余裕などない。だから新田を認めるわけにはいかない」

キヤと一緒になれれば新田なんかくれてやる。心でそう叫ぶ。

「水はいい、なんとかするから。これまでも山の水でどうにかやってきているから」

とは言ったものも、近隣の田持ちの警戒心はなかなか晴れなかった。

そんなことでもめている一四三八年の夏、島には雨が降らなかった。いっときのスコールはあっても、ここ二ヶ月間の日照りでほとんどの稲が枯れてしまった。琉球の太陽は強い。照りつけるとその光のパワーで一時間もすれば土はカラカラ、草木は茶色に変形していく。その猛暑の夏は、本来であれば五月の梅雨に溜め込んだ水を供給して乗り切るところ、この年の雨は少なく、スコールも乾いた土の色を一瞬黒く染めるだけですぐにひび割れた白い塊が現れるほどで、水瓶自体が蓄えをしていない。そのせいで島の田んぼは壊滅状態だった。どこもかしこも、干からびた土と茶色くなりかかった稲穂が力なく倒れていた。

山に蓄えられた地下水を水源とするシトクの新田だけが唯一、いつものように青々とした稲穂を実らせている。その様子が、谷の北側、枯れ果てた既存の田持ちには、なんとも憎らしく不思議に映る。

「シトクの田はなんで水があるんじゃ？」

「イランイランとは言っとるが、わしらの水を引いたんじゃねーか？」

「そういえばシトク、月夜にはいつも一人で歩いとるけ、なんら謀っとるでねーか？」

「いーや、シトク一人では無理じゃ。島の娘がタブかってわしらの水をシトクの田に汲んだにチゲーねえ」

そんな話が広がるのに、時間はかからなかった。

水が山の方へ、高い場所にあるはずの田んぼに上っていった。そういうことからシトクの新田は逆田《サータ》と呼ばれ、水が遡るのは夜な夜なシトクとキヤ二人で下の田んぼから汲み上げたか、あるいはシトクに好意を寄せる島の娘たち皆が密かにシトクの田に水を夜な夜な運んでいる。そんな噂が真実として語られ、普段ならどうということのない噂話が、この年の水不足飢饉が深刻な状況だとわかるにつれ、逆田の青さは島人の気に触るようになり、羨みは妬みに、そして不作が人々の生活を脅かし毎月来る首里船の補給もままならなくなってくると、島人たちはいよいよ我慢がならなくなった。

「シトクのやつ、自分の逆田だけうまくやりおって、首里船や大和船の連中ときっと約束しとるに違いない。補給ができなければ、島の人間を北に送るという。黄色い石の人足で徴用するだの、もってのほかじゃ。シトクは、この島をぜーんぶ自分のものにしようと、わしらを苦しめとるに決まっちょる。そいで、自分はキヤの家に婿入りか。小作のせがれが、もう勘弁ならねえ。みんな、シトクをどうにかせんと島は首里船の奴らに牛耳られてしまーて。」

島人は、シトクとキヤに知られんように二人を襲う。シトクは特に対岸の屋那覇《ヤナハ》島送り（島流し）と決められた。決行の夜が訪れると、男たちは手に手に刀や斧、鍬などを持って諸見の里のすぐ北側の内花部落に集まった。捨てる神あれば拾う神あり、シトクにこの動きを知らせにきた娘がいた。もともとシトクは娘たちには評判が良かったので、シトクのことが心配になったのだ。

決行の夜、シトクは新月の暗がりを早めに西に向かった。襲撃の前に逃れるという手もあったが、キヤを放っておくことはできない。しずしずと進むロバの背には、この年やっと八歳になったばかりの弟が乗っている。怪しい気配に、兄に従う弟の顔は恐怖と不安で強張っていた。シクシクと泣く声を何度も兄に咎められ、真っ暗な中でゴワゴワしたロバの背中にまたがっている小児の手は、ずっと震えたままだった。

キヤの家に近づくと、まだ誰もここへは向かってきていないことを何度も何度も確認しつつ、見えない闇の中で耳をそばだて匂いを拾いながら、いつもとは違う道から向かう。珊瑚を敷き詰めてもう何百年もそこにある田持ちの家々の石垣は、闇夜に一層黒々としたグロテスクな雰囲気を漂わせ、いつその低い物陰から男たちが襲ってくるか、ビクビクしながらロバの鼻先を引いた。

キヤは虫の知らせか、薄い暗がりの中、家の土間上がりの口から外を眺めていた。その石垣の向こうにシトクのものと思える人影を見つけると、手に手桶を託したままフラフラと近づいていく。

「シトク？」

いつもはロバに乗っている愛しい男のシルエットが見えるのに、今日はヒクヒクと泣く子の影があった。シトクとキヤはお互い体の匂いと手の感触で相手を確認すると、シトクはいつものようにキヤを閨に引こうとせず、そのまませき立てた。

「こんじゅう、これから陸に渡る。キヤも一緒に来んねえ。」

キヤはそれだけですべてを理解した。以前から不穏な空気があることも、シトクの田んぼが逆田と呼ばれている理由も、そしていつかはこの日が来ることも。

キヤは利発な娘らしく、ひくつく弟を胸に抱きシトクを促した。ロバはもういらない。これ見よがしに島の男たちをたぶらかすには、このキヤの庭先につなぐのがよかろう。そうすれば、しばらくは襲ってくる連中もここに足止めされることになる。ロバをつなぎ、キヤの胸から弟を受け取る。手桶に託されたキヤの手は使えず、それだけに弟のこわばった体と同時に娘の柔らかい甘い匂いのする胸の乳房がシトクの鍛えられた黒焦げの腕に触れた。二人は、一瞬このままいつものように奥の間に転がり込んで、誰はばかることなく結ばれる閨に向かいたかった。

だが、そうすれば間違いなく島人に捕まる。そこで逆田が山の地下水を使っていることや、決して島人の水を奪ってはいないことを述べ立てたとしても、首里船の最近の横暴を考えれば、そしてその船主らとシトクの近しい関係を考えれば、島人の理解は得られたものではない。今は逃げるしかない。そしてこの小さな島で追っ手から逃げるということは、つまり島を出るということになる。それは、いつの時代にも、どんなものにも、突然にやってくる悲劇であり、予見のしようのない島の掟、島の神の御意志である。

島は、自分で出ようとしても出られるものではない。また、出たくなくとも出なければならない時はやってくるものだ、それも本人たちが予期せぬ形で突然に。幸いにもこの夜の風はおとなしい。船はすでに目星をつけてある。島の北側、内花のウミンチュの一艘を拝借というか略奪するつもりである。一番手近で頃合いよくつないであるもの、それが犠牲になる。シトクの頭では何度かこの動きがシミュレートされていた。仲田の湊はもってのほか、南のイザナのたまりも無理、出帆してすぐの海にあるギタラ（岩）は日の昇る方、夜陰に紛れての東への航海には決定的に不利だった。つまり座礁の危険が大きい。選択は一つ。打鼻《うちはな》岬のたもとにある内花（この名前も、岬の打鼻という名前から来ていた）部落から、犠牲となる船を調達。一旦は北に向かい、誰もいない具志川の島に渡る。そこで夜を明かしてから、今度は日が昇ってくる方向に向けて漕ぎ進むだけだ。その先に見える大陸、それこそがシトクの目指す首里のある陸地である。

早い時間の新月の夜、キヤの家から打鼻までは海岸を歩けばよい。初めての道でも迷うことなどありはしない。内花部落で集まった男たちは南に向かう、ちょうどそれと入れ替わるように、シトクとキヤ、それに幼い弟は、内花部落北の泊に入った。集団がキヤの家めがけて攻め入ろうと、シトクが幸せな気分で何度も越えた山肌の夜道を突き進む頃、キヤと幼子を手近な船に押し込んだシトクは、キヤの手にあった手桶と櫂を頼りに、うっすらと稜線を見せる具志川の島に向けて漕ぎ出していた。

いつ追手が来るかもしれないという不安な夜を具志川の島で明かした三人は、乳の出ない柔らかな胸にぐっすりと泣きつかれた頭をもたげる子を抱いて、まだ明けきってはいない朝焼けの真っ赤な空のもと、その太陽に救いを求めるがごとく、不安な浜辺を漕ぎ出した。島の男たちは気が付いているだろう。シトクらがもう島にいないことを。そして、そこまでは追ってこないこともわかってはいた。なぜなら、島の掟破りは島を出れば問われることはない。この揺れる自由な海さえ乗り切れば、シトクはキヤを思いっきり抱きしめることができる。そしてあの希望の地、「オンドー」らのいる首里の地に行ける。そのために今シトク青年は力の限り知恵の限りを尽くして、キラキラと揺れる潮の中に船を進めた。

二〇一八年　幸喜――

「オーナー、そのテーブルいいですか?」

砂浜のテーブルからすぐ左手にある「恩ザビーチ」レストランの階段上から、ホールスタッフが客を従えて話しかけてきた声に、伊是名（いぜな／イザナ）の黒い海を小舟で乗り出す心細さから現実に引き戻された私は、慌てて席を立った。

「どうぞどうぞ、こちらで潮騒とお料理をお楽しみください。」

そう言いながら、四人組の若いグループに外のテーブルを引き渡し、振り返ると先ほどまで話を聞かせてくれていた老人の姿はもうなかった。

おじいやおばあがふと現れては、静かにまた消えていく。ここ沖縄ではよくあることだ。スーパーの棚の商品を手に振り返ってはぶつかりそうになる。また、細道を向こうからやってくるおばあに道を譲ろうと車のハンドルを切る場所を確認し、その庭先でおばあを待ってあげようとまた目を戻すとおばあが消えている。そんなことは何度も経験していた。それほど人々は静かで、そっと生きようとする。おじいやおばあの出現など、むしろ音もなくどこからともなく現れては静かに消えていることの方が多いのだから、さっきのおじいがいないことも気にはならなかった。

おじいおばあばかりではない。若い子たちもどちらかというと物静かで、好戦的ではない。彼らは毎日を静かに暮らせればいいと本質的には思っている。さっきまで私の全身を照らしていた夕日、その美しい黄昏の夕凪に触れて生きて行ければ充分と思っている。それが基地のせいだとか、補助金漬けの経済のせいなどと部外者たちは言うが、私にはそうは思えない。沖縄の多くの琉球人はよほど本土の都会の人間よりもタフで積極的、おおらかで太い。

基地対策で毎年何千億円という金がこの南の島に投入されているのは事実だが、そんなこと十年程度のことで沖縄の人間性、人々の生きる文化や考え方が変わるほど、この島の人たちはヤワではない。一見、ものぐさで動かないように見えるスタッフたちが、どんな俊敏な動物たちよりも素早く、そして狡猾に動くのを、私はレストランオーナーとして何度も見てきている。

そういう彼らの性格の大もと、底流にあるのはたった何十年かの最近の補助金や基地経済のせいでは断じてない。その程度のことで文化が変わるはずがないのだ。江戸二百年が日本人の平和主義島国根性を作ったというなら、まさに今日のおじいが話し始めたその琉球王朝四百年の歴史が、沖縄人の個性を形成してきているのではないだろうか。シトク少年がこれから作る琉球王朝四百年の歴史。それが沖縄の琉球人の心の奥底、底流に横たわっているのは間違いないように思えてしょうがない。

客に砂浜のテーブルを引き渡し、五段ほどの階段を上って「恩ザビーチ」レストランの室内に戻ると、そこにはすでに何組かのカップルがメニューを見つめ、二人で楽しそうに何にしようかと話し合っていた。厨房に入ると、シェフの高山がオーナーである私を待ってましたとばかり、裏の倉庫に引っ張っていった。

「やはり、出ようと思います。」

思いつめた顔で私の目を見つめ、来年の春、北京で開かれる「ピーター・ボキューゼ世界料理大会 アジア地区予選」へ出場するその決意を伝えてきた。

四年に一度、フランスのリヨンで行われる世界のシェフの頂点に立つその大会のアジア予選、北京の舞台に立つだけでもまずは大変なこと。東京で行われる予選で日本代表の地位を獲得しなくてはならない、その上でアジア大会の優勝者だけが本場リヨンの世界大会に出ることができる。そんな料理人にとってのオリンピックに沖縄名護市幸喜のリゾートレストランシェフが挑戦しようというのだ。無謀なのは承知の上、もう三十代の後半になった高山はこの大会に自分の料理人人生のすべてをかけてみたいという。味覚の変わる中年後半、もしダメならきっぱりと厨房生活に別れを告げ、どこかのしがない物販会社でも手伝うというのが彼の決意だった。

思えば、東京の飯倉で小さなビストロを個人でやっていたこの高山を口説いて沖縄の地に連れてきたのは、この私だ。あの時は、３・11の震災で自分の店がなり立たなくなり、同じ年の夏に生まれた小さな子をどうやって育てようかと相談を受けたのが始まりだった。「子育ては島のレストランでのんびりとしたらどうか」と言い、震災後に沖縄移住を決めた多くの子育て世代と同様、高山シェフは私の誘いに一も二もなく乗った。ランチ明けからディナーまでの休憩の間、この高山が一緒に連れてきた子供を抱き、パートナーとカップルでさっき自分がいた店の前の砂浜を幸せそうに散歩する。その姿は、来てよかった、何があってもこの店は大丈夫と思ってくれているように見える。そんな光景を何度も見ていた私は、今の幸せに満足しない高山シェフの心意気に、もちろん異存があるはずはない。店の注文が入るのも構わず、「本当にいいんだね」と確認する。高山の返答に要したほんのしばらくの時間が私に次の提案をさせた。

「わかった。ダメとは言わない。けれど、こんなちっぽけなリゾートレストランからの挑戦だ。ありきたりの努力じゃダメ。リゾートはリゾートの強みを生かさないとね。どう？　これから二人でこの沖縄の珍しい食材を探そうじゃないか。それを調理して、世界をあっと言わせる一皿に仕上げていく。これ何から作ったのって、審査員がつい訊きたくなるような、そういう一品で世界と戦わないか？」

「私もそれは思っていました。沖縄はよく食がまずいとか言われてますけど、ウチみたいに東京や香港からの客を唸らせる料理も地元の食材でできるんですから、もっと調べれば自分たちにもできると思うんですよね。」

「そう、ガザミのアメリケーヌソースみたいにね。」

二人は見つめ合いながら微笑んだ。

ドロカニと言われ、地元の人が手に負えないでいたワタリガニの一種を生クリームとカニミソで和え、隠し味に甘みのあるポルトとこれまた沖縄特産のパッションフルーツの種ごと漉した苦味を煮詰めたソースで合わせた時、思いもかけない美味さが完成した時を思い出したからだ。

「あの時と同じような感動を探そうじゃないか。それをもって世界大会に挑戦しよう。沖縄の食が評価されないのは、食材の問題ではなく文化の問題なのだ。その結論を引っさげて、やってやろうじゃない。」

「スイマセーン、アメリケーヌ二個入りましたー、ってシェフどこっすかー？」

バイトのかったるそうな声が、感動に浸っていた二人を現実に戻すことになった。急ぎ戻るシェフの背を見ながら、まずはさっき話に出た、伊是名島からシトクが夜陰に乗じてたどり着いた国頭《くにがみ》の西海岸、あのやんばるの腹になる海辺に行ってみようと私は心に決めていた。

レストラン前ビーチ

老人と出会ったビーチのレストラン

第三章　首里へ

一四三八年　今帰仁――

首里まで三年かかった。イザナ島を抜け出し、誰はばかることなく妻としたキヤとともに国頭の地から海に沿って南へ南へと首里を目指す。その途中、名前のなかった弟はユトウと名付けられ、まるでキヤとの子供のように二人して育てた。そのユトウが島を出た時は八歳だったのに、それがもう十一歳となり、少年の力をみなぎらせるようになっている。シトクとキヤの三人家族は、渡りついた国頭の村を今も思い出す。東の空の朝焼けのもと、太陽がまだ姿を現す前に漕ぎ出した船は、その後ゆさゆさと琉球の打ちつける日の光のもとを進んで行った。

確信があったわけではない。単に近くの陸地を目指しただけだ。南に見える乳首のようなとがった島、のちの世の人間が伊江の島と呼ぶその海底火山のなれの果てには向かわぬよう、昇った日の出の場所から片時も目を離さず、ひたすら近くの陸地を目指す。日は昇り暮れていく。最後の残照が紅の焼け野原となって海を照らす頃、シトクの一家は国頭の浜辺にたどり着いた。狙ったわけではない。単にそこが一番近い陸地であったから。

この辺りは今でも住みにくい。平野も少なくシトクらが着いても出迎える者がいるわけではなく、また物珍しげに近寄ってくる人の気配すらない。この土地はやんばるの森。海岸線を歩く以外に、そこを抜ける手立てはない。まして、首里船の男どもが言う首里や泊の湊を目指すなら、海岸を下るしか方法はなかった。

琉球という国の名のもとに農業を営む村人たちは、移動の自由などない。移動する者がいなければ、部落をつなぐ道も地図もない。海と陸の境目だけが、あるであろう南の湊、明との交易に湧くそしてシトクがつかんだあの黄色い石が交易される場所に、彼らを導いてくれるはずだった。

もしも、当時のシトクらに今帰仁《なきじん》から始まる本部《もとぶ》半島の形状がわかっていたなら、もっと早く恩納《ウンナ》の湊にたどり着いたことだろう。

国頭の船の着いた海岸で、魚を採り貝をあさってしばらくは暮らした。弟ユトウの気が紛れ、両親役の二人が体力のみなぎるのを覚えた頃、イザナ島の最後の暗い思い出から、いつしか首里船の行き交う泊湊の熱気や船頭からの「オンドー」という声、堺湊から来た正弦らに聞いた明の華やかな装飾に飾られた朝貢貿易の波打ち際へと思いを馳せるようになった。

シトクには思惑があった。予期せぬ事情でイザナを飛び出さねばならなかった自分だが、逆田の開墾時に目についたあの黄色い石、いつも首里船のオンドーらが「金になる石」と言って後生大事に運搬しているその石が、イザナにもあることを知らせに行くのだ。そうすればオンドーらは自分を連れてまた、首里の役人にも話をすることができるかもしれない。金になる石。あの生家の裏庭の木の下に隠してきた塊ほどの大きさはないが、シトクは浜辺できれいに洗い直した絣の腹に、逆田の脇で採取した黄色いかけらを潜ませていた。首里に行きたい。その思いで一家は浜辺を下って行った。

下りながらシトクが目にしたものは、その夏のイザナと同じ、茶色く枯れてしまった作物の無残な姿であった。日照り、渇水。水はどの部落にあっても問題であり、当時はもめごとの中心にあった。特に日照りが続くと少ない水を取り合って人々が争う。争いが多いのは川のない場所となる。それは、国頭から大きく西に本部半島を迂回する海岸線を移動中のことだった。現在の今帰仁長浜ビーチ、赤墓《あかぼ》ビーチ辺りには川がない。にもかかわらず今帰仁城の足下、その真北には耕作に適したこの辺りでは貴重な平野部が続いている。シトクたちは、この海岸が西に向かっていて、自分たちの行きたい南ではないことを太陽の位置から十分にわかっていた。が、そこから南に見上げる今帰仁城はかつての琉球三山北山の本拠地で、高々とそびえる城を越えていくことなど想像だにできない。

いつかは、海岸線が南に向かっていくことを願いつつ、毎夜のように夜陰に紛れた集落越えを図ろうとしていた時だった。向こうに、やはり子を抱え、星を頼りにひそやかに浜辺を行く家族を認めると、シトクらはそこにあったアダンの木、うまそうだが催眠用の毒を持つパイナップルのような実をたわわにつけた鋭い葉の陰に身をひそめた。

「もう仕方がねえ、水がねえならこの先の海に行くしかねえ。」

葉の陰から見ていると、赤ん坊を抱えた家族が海の方を目指して分け入ろうとする。入水。その先にあるものは、月の明かりに照らされたぬめぬめとしたさみしい水面でしかない。幼子は、両親に口を押さえられたのか、それともすでにもうこと切れたのか、静かに運命を受け入れようと母の胸、父の腕に抱かれたきり騒ぐ様子もない。家族がくるぶし、膝、そして腰、と、だんだんに水に消えていく様子をシトクらは固唾を呑みながら見守った。沈黙を破ったのはキヤだった。

「シトウ、やめんね、よばんね。」

その言葉にシトクは走り出していた。

「おーいい、やめんね、やめんね、しちゃいてしちゃいて。」

真っ黒な水に体を半分浸したまま、入水自殺を図ろうとしていた夫婦は驚いて振り向いた。命の営みを人に見られた恥ずかしさとどうしようもない悲しみで、濡れそぼるまま家族は陸にへたり込んだ。

「なして、なしたや。」

「とめんねー、とめんねー。水出んと畑はもうしまいじゃ。畑がしまいならオンらもしまいじゃ。」

「水出んと？」

「今帰仁の川の連中はこの長浜には水をくれんと。もう、オンらに回す水はねーと。日がしちゅうで、枯れたオンらの畑がそこいらじゅうに放ってあるで。もうどうしようもねえ。城主様はなーんも聞いてくれんと。水がなきゃ海から拾えばいいんと、無茶ばっかりじゃ。」

そう言って、明けの明星が光る南の空を恨めし気に仰ぐ一家の目の先には、月明かりも寄せ付けぬ黒々とした今帰仁城が岩山の断崖絶壁の上にそびえている。その平坦な耕作地から突如として繰り上がった石山を見て、シトクには思い当たる節があった。

「オンらには見えんねー？　水は流れとーよ。」

この突然飛び出した放浪家族の親が、水はあると言う。にわかには呑み込めないが、しかし少年を連れたキヤがその波打ち際の話に加わると、お互いに子持ちで村を追われた身という共通点からか、話を聞いてみようという気になっていった。

今や二つの家族になったこの放浪集団は、そのまま夜の明けぬうちにシトクの言うまま、城の下に見える切り立った崖のたもとに向かう。そこには平野と岩山の境目、誰も目もくれぬ耕作放棄地がつながっている。暗がりでも、そこは長年住みついた土地である。死のうとしていた考えはいつの間にか消え、このシトクにかけてみようという気になっていた。

もし本当に水が出るなら、この家族と口に布を含ませて海の上では窒息寸前だった赤子二人も助かるというものだ。そうしたら、このユトウのように元気いっぱい夜道を上り、親の言うまま水掘りに精を出す少年に育つかもしれない。これでだめなら死ねばいいさー。新しく仲間になった家族は、シトクの感覚、逆田で水を掘り当てた臭覚を信じ、権力の象徴今帰仁の山に這い登っていった。

シトクには自信があった。日が昇るとともに要塞の姿を現した今帰仁城の石壁を見れば、それが急激に隆起した岩山であること、その前面に広がる平野部が雨を受けても水をたたえないのは不自然だったし、一つの池も川もないということは、つまり土の下、逆田のように山と平野の境目に水源があり伏流水があるということだ。

「ここじゃ。掘んねー。」

最初に枝をぶち折ってザクザクと土を掘り出したのは、ユトウだった。海岸を逃げ延びて魚を採ったり人様の畑の作物を拝借する日々で、ユトウは十一歳とは思えぬほどたくましく、そして黙々と働く少年と青年の境目にまで成長していた。

最初は様子を見ていた入水一家の長も、ユトウを見て我も負けじと大ぶりの枝をぶち折る。最後にキヤに赤ん坊二人を託し、長の妻が命の限り掘り始めた。黙々と掘り返され、外に放り出される土の音しかしなかった。石にあたっても、ユトウとシトク、長たちは力を合わせて石をどけた。日が昇り、中空にこの干ばつに追い打ちをかけるかのような日が降り注ぐ。その中を水も飲まず食べ物も取らず、掘り続けた。

変化があったのは、命の風が今帰仁の壁に吹き付ける夕なの時間になってからだ。最初は、だんだんと湿り気こそ多くなってきたが、それが畑を潤すほどではなかった。しかし、掘り進めるとねばねばとした重い粘土層が、途切れ、そして砂岩が現れた。シトクにはこの時。下から湧き上がる水がもう見えていた。

「出よった。」

一同は、同時に叫び声を上げた。そこには掘った砂岩を押しのけて、ゆくゆくと湧き出る冷たい水の小さな輪が出来ていた。水は自分で砂を吹き出し、せっかく掘った鉢状の命の源をまた湿った砂だけの窪地に変えようとする。全員が冷たい感触を手に感じながら、今はもう手掘りである。そう、海辺の砂浜であの砂を掘っていくような感触。しみわたる水にこうして六本の手が勢いを増していく。最後にシトクが平たい石を見つけてきて、その泉の真上に置いた。そうすることで、水の勢いで自ら鉢を埋めようとする砂の対流が止まった。

村を追い出された入水一家は、この時から部落の英雄になった。最初は、帰ってきたその家族を無視しようと戸を閉め切っていた部落民も、長の大きな声に仕方なく顔を出す。顔を出せば水が出たと言う。水は彼らにとって掘って出すものではなく、他から引いてくるもの。川の上流からもらってくるものだったから、いったい何を言っているのかという疑いの頭を解きほぐすのに、翌日一日がかかった。シトク一家は、その間、ともに泉を掘った一家の家に隠れ、久方ぶりの人間らしい家屋の生活を楽しんだ。

そのうち長が部落の男たち数人と泉に行き、水の湧くことをこの目で見た部落民が、この方法を教えてくれたシトク一家に会いにやってきた。もし泉が出なければ、シトクらは部落民によってとらえられ城に差し出されたことだろう。もしくは、彼らのありがたい無視の姿勢が続いている間に、次の部落に向けて旅立たねばならない。

水は彼らに寛容さをくれた。最初はおそるおそるだった部落民も、シトクの話に耳を傾けるようになった。泉はたぶん掘ればもっと出ること、また今帰仁城の真下を掘っても出ないということ、出るのは少し離れた小高い山の裾、平野との境目辺りがいいことなど、シトクは惜しみなく知恵を授けた。

まだまだ出るからたくさん掘ってもいいのではないかと言うシトクの言葉に、希望すら見出すようになる。部落民は集まって会合を開き、シトクの言う通り、いくつかの泉を掘ってみることにした。それが二つ三つと増えるにしたがって、今度はその水を引いて流れを作ることを考え始めた。シトク一家はよそ者ではあったが、水を探す間は丁寧に客人としてもてなされることになる。

その後、この夏の早い二毛作の一回目で近隣の部落が軒並み年貢の捻出に苦労する中、この長浜、赤墓の部落はやすやすと湧き出でる水のおかげで年貢を収めることができた。この噂はまたたく間に近隣の部落に広まる。自然な成り行きとして、たくさんの部落からシトクを客人として迎え入れたいという趣旨の申し入れがなされた。

特にこの本部半島は、高い山が海岸にまで迫り自然の治水には向いていない。同時に、山裾には豊富な伏流水が流れており、シトクの方法は魔法のように多くの場所で喜ばれた。この話が、今や琉球王国の北山地域を守る今帰仁城の役人に知られないわけはない。役人はしかし、掟を破り島を出たシトクらを許すわけにもいかず、結果、好意的な無視を決め込んでくれた。おかげでシトクらは当時なかった通行の自由を事実上手にしたようなもので、この頃から首里に向かう道すがらは、やはり地理的には海岸沿いをなぞるようにしか進めないままでも、旅路らしい旅路となっていった。

二〇一八年　今帰仁――

「これどう？」

セロファンに包まれた謎の粉末、ラベルには「ギョーギの粉」と書いてある。沖縄では読めない字が多い。ここ今帰仁村の村営売店で食材探しを始めたシェフと私は、この謎の粉末の匂いを確認しようと四苦八苦していた。「今帰仁」は「なきじん」と読む。だからカタカナで書いてあるのは親切な方かもしれない。

で、ここ今帰仁売店は、百年前から村の売店として地元の農家（といっても今帰仁村辺りではどの家も何かの作物は作っているので、要は村人は誰でも）の作物を持ち寄って売っている。たぶん村には村のルールがあって、それに基づいてみんな持ち寄る（そう、内地でいうコープ協同組合みたいなもの）のだろうが、ここに来ると植木やパッションフルーツの苗木からいろんな謎の食材、おばあの作った手作り蒸しパンまであって、何でもありで結構楽しい。商業化されて人の多い道の駅なんかより、ずっと沖縄を感じられる場所だ。

セロファンの口を少し広げてみたりして香りを確かめていたシェフが言った。

「ああ、これクミンか八角ですよ。その両方が入っているのかも。」

「へーえ、やっぱ沖縄の食文化って中華っぽいよね。」

「そうですね。こっちでいう月桃《げっとう》の葉なんか、香港の飲茶で出てきそうですもんね。でも、なぜか調理法で油通しという技法は使われない。みんな蒸すか煮るが多いんですよね。そこは中華になりきれていない。」

「うーん」

私にはよくわからないことを言いつつ、シェフはその謎の粉末とスターフルーツの実、それにゴールデンなどと書いてある紅芋をいくつか調達した。レジで「ギョーギってクミンですよね」と余計なことを言った高山シェフに、売店のレジ係、かっぽう着姿の地元のお母さんが食い下がった。

「うちなーんちゅじゃ、ギョーギよギョーギ。くもんは子供の塾でしょうが。」

斜めとか横とか、ゆるーく列に並ぶでもなく次の順番を待っていたおばあやおじいから、わさわさと大きな声で笑われたシェフは、まんざらでもない様子で「また来ます」と言って帰ってきた。

「いつもここで買い物するんで、いじられちゃうんですよ。」

謎のままの粉末を積み込んで、帰りに世界遺産になっている今帰仁城に向かう。高山が、城の入り口で売られているサトウキビジュースを飲みたいと言い出したからだ。沖縄の、それも中部以北で暮らす本土からの移住組で、この今帰仁城に来たことのない者はいないだろう。シェフも私も何度も行っている。東京から来た友人を案内したり、二月の桜祭りで天守に向かう一本道がこちら独特の濃い赤色の桜に咲き乱れるのを楽しみに行ったりしているが、その沿道の城入り口で切ったばかりのサトウキビ（ウージ）の束を積み上げて、注文のたびにウィーンとばかりジュース絞り機にかけ、絞った汁をそのまま飲ませてくれる庵のようなあばら家の店に立ち寄ったことは一度もなかった。

今回は、城ではなくその汁を飲んでみようということだった。サトウキビとはいえ、あまり甘くはない。沖縄の島、土の匂いの感じる冷たい飲み物を持って、熱心にウージの束を眺めている高山を置いて、売店前の空き地、世界遺産になった人工の芸術的曲線を描くガウディ張りの城壁の下、気になっていた古めいた祠を目指した。

海辺のレストラン脇にある拝み所と同じように、祠の中にはご神体のようなものが置いてある。どれも黒ずんだ石にしか見えないが、それがまた神秘性を際立たせており、触ったりしたらそれこそ大変という感じで鎮座している。看板には「この拝み所は古宇利島の方を向いている」とある。

「それは、あとで作られたもんじゃ。」

汚れた看板の読みにくい字に苦闘していた私は、後ろにまたあの老人が現れたことに気付かなかった。

「そうなんですか。」

　振り向きざま、レストラン前のビーチで出会ったあの老人だと気付いた私は「おじいも拝み所が好きなんですね。これはもともとどういう意味で……」と言いかけると、人の話を聞く素振りすら見せずに老人が続けた。

「琉球の拝み所は陸の灯台のようなもんでな、どの拝み所もどこかの島や岳の頂上を示しておる。」

　あーあ、どうせ人の話は聞かないんだ。老人が心を読むというのを忘れてつぶやいてしまったのは後の祭りだった。

「聞かんのではない、つまらん質問をさせんだけじゃ。この庵ももとはと言えば、シトクの足跡、海岸の場所にあってその先の島を示していたんじゃ。ほれ、あそこから見てみい。下にある拝み所は北のイザナを、そしてこの拝み所は東の古宇利を指しておる。これらはのう、四百年の王朝時代に地方を治める祭祀ノロが、それぞれ場所を決め道しるべに使いよったんよ。この今帰仁の城からシトクのイザナは、もうすぐその先に見えておろうが。こういう祠があれば、海が荒れ空が雲に覆われて島影が見えんでも、こっちの陸から方角だけはわかるというもんじゃ。」

「ノロというのは、街の霊能力者ユタとは違うんですか？」

「いい質問じゃ。ノロはのう、幸喜《こうき》の川の部落の出身が多く、首里の祭祀をつかさどった王朝組織の祭礼者で、ユタは地場の信仰から来る霊能力者、預言者そして占い師じゃ。ユタ信仰の方がはるかに古いが、そういう霊力が村々を治めていたその慣習を継いでノロが設けられた。ほれ、大和でも神社は古くから民の信仰と行政機関の役割を持っておったじゃろ、それと同じじゃ。」

おじいから行政機関なんて言葉が出るとは……。

「うぉっほん。とにかくノロの最高位は王の妻、王妃がなる。聞得大君《きこえのおおきみ》と言われ、毎月首里で王国の安寧を祈るわけじゃが、その介助登壇には幸喜《こうき》部落の者が代々多く務めておった。」

「幸喜《こうき》？　幸せに喜ぶなんて、おめでたい名前の場所なのにまだ知られていませんよね。」

「そう、誰でも喜瀬は知っておろう。」

「はい、ゴルフ場とか高級ホテルとかあるんですよね。」

「許田部落は知られとるのか？」

「もちろん、今の沖縄唯一の高速道路の終点ですもの。」

「そう、ならば、幸喜はその間なんじゃから、もっと知られてもよかろうて。」

うーん、幸喜って昔からそんなに重要な場所だったなんて、知らなかった。

「よいか、今帰仁はイザナの対岸、そして幸喜は首里へ行く途中じゃ。歩けばなぜ幸喜のノロが力を持ったかがわかる。が、その前に、この今帰仁から伊是名をとくと眺めれば、シトク尚円がたどった道も見えてこようて。」

老人が城郭の端、その向こうに海が広がっているであろう北の方を指さすのに押され、私はふらふらとこぎれいな広場を横切り、城壁の手前まで行った。城郭の端にあって低くなった石垣の向こうに真っ青な海、その向こう、ちょうど今の船で一時間余りの距離に伊是名の島がくっきりと見えていた。手前にはピラミッドのようなはっきりとした三角山、その左にシトクが流されかけた屋那覇《ヤナハ》島も見て取れる。これなら十分手漕ぎの舟でも渡れるぞ、この心の言葉に老人の反応はなく、すでに城に向かったのか、その姿さえ認められなかった。

「オーナー、どうしました？　きょろきょろして。」

手に一杯のウージを抱え、ご満悦の高山が向こうから声をかけてきた。

「それどうしたの？　というか、どうすんの？」

「あッ、これっすか。あの店のおじさん、あんまり熱心に見てるもんでくれたんです。で、持って帰って、汁から何かできないかやってみようと思うんです。」

「汁ね、でも単なるジュースでしょ。」

ちっちっ、シェフらしく繊細な指を一本立て、顔の前で振りながら高山が続けた。

「わかってないな、オーナー。この汁からうまみ成分が取れるんですよ。アミノ酸とかミネラルが豊富で、たぶんいろんなものにいい反応してくれると思うんですよ。」

そういえば、味の素はサトウキビから作るのだとか。コマーシャルで見た気もする。沖縄、やるじゃないか。

シェフがウージの汁を入れ、うまみたっぷりに作ったアクアパッツァ。その味を想像しながら、日が沈む前に男二人、家路についた。幸喜のレストランまでは、事実上道は一本しかない。五八号線だ。「カリユシ58」というミュージシャンの名前を聞いて、国道五八号線がすぐに思い浮かぶ人は沖縄上級者だ。

本島の西海岸夕日の見える一帯を一本道が下る、それが五八号線だ。サンセットロードとも言われる。この日も、男二人の車は名護市から五八号線に入って南下し、途中許田を過ぎたところから恩納村に向かうには、ここを通るしかない。許田インターを過ぎてすぐ、喜瀬に向かう一本道の直線に差し掛かったところ、看板に「幸喜」という文字がある。ここがあの老人の言う高貴な首里ノロの出身地、幸喜だ。ひょっとすると高貴な者の部落という意味で幸喜と名付けられたのだろうか。老人の言葉を思い出し、つい「高貴な幸喜」というフレーズが浮かんだ。

シェフ高山は私より先に車を降り、店に入るやあのギョーギの粉を使ったスペアリブづくりに早速取りかかっている。

「オーナー、このリブいけますよ。柔らかくて、しかも香ばしい。沖縄はやはり豚肉ですよね。脂身すら甘みがある。そいつをギョーギ入りバーベキューソースでいくか、なるほどね。」

骨付き肉に感動しながら、シェフは新しく完成したスペアリブを持って、三階展望席に上っていった。

「ああ、本当、ギョーギソースのスペアリブ、これはいい。」

二人して感嘆の声を上げた展望席からの眺めは、おじいの言うような高貴な気をはらんだ名護湾、そしてその向こうには伊江島や美ら海水族館のある本部半島が見渡せた。そこには、単なる海でないエネルギーをたたえた眺めが広がっている。後に知ったことだが、この幸喜の海辺、幸喜ビーチは沖縄屈指のパワースポットとして有名なのだそうだ。言われなくとも、その平和な情景は私たち二人に束の間の癒しと未来へのエネルギーを与えてくれた。

シトク尚円が、ここ幸喜にたどり着いた時から、王朝とのかかわりが出来、結果、第二尚氏王朝の設立につながった。その縁もこの土地の持つ力、パワーのなせる業なのだろう。確かにここ幸喜を通らなければ首里には行けなかったのだろうが、それだけでどうしてシトクと王朝とのかかわりが出来たのか、この部落出身者が琉球王朝のノロの主要な立場になぜつけたのかは、しかし謎のままだ。

沈む夕日を眺めるため、この辺りから道のそこかしこで車を止めているカップルも多い。幸喜の夕日に吸い寄せられるように、レストランに客が入り始めた。

世界遺産　今帰仁城

今帰仁から伊是名島を望む

第四章　安里太子

一四四〇年　幸喜――

本部半島を一周して、今の名護市市街地がある海岸に入る。そこは昔から水の豊かな地域であった。現在でも天然の湧水池は多く、涸れない轟の滝や幸喜の瀬など（これが縮まって「喜瀬」と呼ぶようになった）がある。特に、幸喜部落は名護間切の最南端に位置し、名護湾の南を占める名水の場所である。幸喜川は小さくとも、標高二三四メートルの石岳から湧き出る湧水は豊かで清らか。沖縄北部では珍しく川釣りも楽しむことができるほどであり、沖縄を代表するビール工場が名護岳のふもとに位置し、唯一焼酎を製造する大手酒造メーカーの酒蔵が、この幸喜地区に百年以上前から酒つくりに励むことができているのも、この辺りの湧き水のおかげである。

そしてもっと重要なのは、この幸喜辺りが首里文化の最北端だったということ。首里のノロの中心的出身地でもある幸喜は、陸路の要衝、北山地域の制定には欠かせない位置にあったことから、言わば京都における大津、楽市楽座の陸路交流の要としての役割があったのだ。そこに首里の祭祀の祖先を置けば、情報は速やかに伝えられる。それは京都北東の守りを固めるべく僧侶の山として開かれた比叡山にも似ている。司祭という最も信頼を置く役柄の出身をこの幸喜に定めれば、守りの情報はいつでも生で入ってきた。北山の向こうに大和を意識すればこその、当然の配置だったと言えよう。

シトクらが名護湾の南端、今の幸喜の浜（幸喜ビーチ）にたどり着く頃、その評判は情報の要である幸喜部落にももたらされていた。もう水の相談に乗るような必要はなかったが、それでも本部しかも今帰仁城のすぐ下で、部落の渇水を救ったという評判はここ幸喜から首里のノロたちにももたらされていた。首里からは、そのシトクの出自について確認せよとの回書も回り、シトクはいよいよその存在を首里に知らしめることになる。

幸喜の浜はこれまでのシトクの旅路と違ってひときわ穏やかで、それでいて名護湾にそそぐ太陽の気をたたえエネルギーがみなぎっていた。シトクらが精気を養うのにはもってこいだった。その正面対岸には、これまではるばる旅した本部半島と、イザナからの船渡りの際、右手に見えていた伊江の島がくっきりと望める。

伊江の島を北に見る位置に来たことは家族にとって感慨深く、首里までのおよそ半分も来たのではないかという期待をも起こさせる。幸喜の海は清らかで、まったりと気（エネルギー）をはらんでいる。その気こそ、首里の祭祀には欠かせぬ予見の源、大洋につながる王朝の原動力。シトクらがここで長逗留したのもうなずける。

その間、首里に仕える祭司たちは、その幸喜にいる親族を通じ、シトクの出身イザナの島の話、そして首里船のオンドーらとの交流について聞き取りをし、大和の間者もしくは北山の回し者ではないという確認を急いだ。もしそうであれば、首里に近づく前に処分しなくてはならない。

シトクらはというと、幸喜川の清らな水の音を愛でながら浜辺の気に触れ、久方の楽しい日々を過ごしつつあったその中で、驚きの発見をする。幸喜の浜辺から、沈む夕日を眺めようと東の方、日の出ずる側の小高い山に分け入った時だった。山の反対側、つまり山よりさらに東に向かってなんと高台に延々と広がる平地を見たのだ。その多くの平地には明らかに耕作されている場所がある。海岸からは、大人のシトクらでも登るのに半日はかかる覚悟をしなければならない位置にあり、そんなところに隠された畑を見つけたのだ。明らかに山の湧水を利用した高台の耕作地、あのシトクの逆田と同じであった。

広々とした緑の眺めは渇水のこの時期にも変化なく、何百年と続いている豊かな実りを下界を見下ろす高台の平野に平然と広げている。そのさまは高貴と言うしかない。部落の名前「幸喜」も、そこから来たのではないかとさえも思えてくる。

「なんやー。逆田や逆田や。キヤ、逆田があんぞー！」

あまりの驚きに声を上げ、少年を挟んだ夫婦は笑い転げてしまった。

「この逆田、これに水引くんには、国中のおなごがいるわいねー」

猫の額ほどの逆田にイザナの娘たち、シトクやキヤが下の田から水を盗んだとされる濡れ衣は、これだけの広さがあれば着せられなかったに違いない。

「よっぽどのおのこがおるんじゃよーて。おまんより好かれ者じゃてーね。」

二人は初めて、ここ幸喜の逆田で、琉球王国始まって以来すでに地下水が使われていたのを知ったのだ。そして、未だにそんなことも知らずに自分たちを盗水者だと襲おうとした島の連中が情けなく、愛おしく、そして国は広いんじゃということを思い知った。

そののち浜辺に降りた一家は、それぞれに沈む夕日に、あのイザナの島でお互いの水を気にしながら暮らしている島民を思い出していた。田持ちも小作もねー、水さえあればどんなところでも耕作はできる。イザナの島人よ、待ってろよ。おいらが大きくなって、島には宝をたんまり持って帰るで。広大な逆田を眺め、幸喜の海に抱かれては、自分たちを襲おうとしたあのイザナの男衆をもはや恨む気持ちなど湧いてきはしない。むしろ哀れに思った。小さな社会の中でしか生きられない彼らのその掟の窮屈さは、島を出てみればなんとちっぽけなことよ。シトクはこの幸喜の浜辺で誓った。島に帰ってみせる。島にたんまりと宝を持って、この黄色い石の力で豊かにしてみせる。そのためにこれからは生きていこう。シトク一家は、向こうに見える伊江の島に沈む夕日に、イザナの島を重ね合わせていた。

神話の時代、祭祀は水守り人だった。首里の祭祀、ノロの出身がこの幸喜であればこそ、ここに存在する逆田は、太古の昔から幸喜部落では地下水の利用方法を知っていた証しだ。シトクやキヤが目にした山側のその上の畑耕作地は、現在でも存在する。そしてその多くが山の水を利用していることもまた真である。

首里のユタは思った。このシトクやら水利の知識からいって、ユタの予言者にふさわしい資質をも持つであろうと。ただ、気になるのは黄色い石のくだりだ。黄色い石こそ、旧来の祭祀勢力の及ばぬところ、近年の明貿易によって、力を増す泊の首領の領域。その双方に知恵があるとすれば、充分に話を聞く価値はある。

幸喜部落で天国のような平安の日々を過ごしていたシトク一家に、しばらくして首里への通行証が発行された。この幸喜から目的地泊の湊へも同じく海岸沿いのルートではあるが、ここからは年に何度もノロや役人が通る道。しかも正式な通行証を手にした以上、もう人々の目を逃れ気にすることもない。ナカイマから恩納間切に入るのも苦ではなかった。恩納の多くは漁港、ウミンチュの部落だ。今でも漁港はそこかしこにある。通行証をもとにウミンチュから魚を分けてもらいつつ、快適な旅とはいえ、すべて徒歩、しかも少年を抱えての旅路では、首里の近く泊の湊を望むまで一週間かかることになる。

一四四一年　泊――

泊湊は、湊というより島影の瀬と言った方がいい。複雑な入り江にそれぞれの領分を主張するがごと、色鮮やかな交易船が停泊している。その中に、赤い船体に龍頭の舳先を持った見たことのある船を見つけた。街中の猥雑な雑踏をかき分け、その船の桟橋を望む通りに降りていくと、シトクはキヤやユトウを差し置いて走り出してしまった。

「オンドー!、オンドー!」

イザナの島で黄色い石をくれたその船頭が、今は立派な紅の衣装を着けて桟橋の陸口で人足の様子をえらそうに監視している。最初は、はて、どこかで出会ったやつか?と怪訝な顔でこちらを見ていたオンドーだが、その昔、黄色い島からの帰りに寄ったイザナの島のことをはたと思い出して記憶がつながった。

「おーう、イザナの坊主じゃねえか。こんとこで、なにしよるねーっ!!」

最後にあったのは十年ほど前。勘合船が再び厄介な存在として琉球の海に出入りするようになる直前に、オンドーは出世して船には乗らなくなっていた。あれから十年。十七、八だった少年は立派な二十七歳の若者となり、走る筋肉はたくましく船に乗せてもいい頃合いだ。

　シトクは相手の問いに答えるかわりに、幸喜でもらった首里の通行証を懐から出してオンドーの鼻先にぶら下げた。頭領として見慣れた首里の朱印を見て驚いたのは、オンドーである。

「おめ、どないした。こんなもん、島のうとんのいきなみか？」（島の長の何かの上申なのか？）

「さーて、さーて」（逆逆）

　そう言って、泊にたどり着いたいきさつを話し終える頃、キヤとユトウが追いついた。

「おーん、われもウッチんものよのー」（お前も隅に置けないものだなあ。）

「ちげーちげー。ユトウは弟だけん、キヤとはすみなーめんとーよ。」（違う違う。ユトウは弟だから、キヤとはきれいな関係だ）

　そう言ったシトクですら吹き出してしまった。

　オンドーは、家族が出来たなら泊の湊で仕事もせねばならんだろうから、と泊の地頭に引き合わせる手配をしてくれた。首里の通行証まで持つ者は、人足として雇う前に地頭様に紹介せねば。この会談こそ、これから始まる琉球第二王朝の序章になるなどとはこの時、誰も思ってはいなかった。

泊地頭安里大親《とまりじとうあさとうふや》は痩せていた。小柄な体を地頭座位に収め、まるで自分の存在を消すかのようにひっそりとそこに座っている。かたぶい（通り雨）の中を「船頭かしら」に出世したオンドーに連れられ、湊から首里に向かって半町、坂道を登ってきたシトクはこの時すでに二十九歳。船頭かしらのもとで人足の手配や積み荷のとーちー（検査）そして、けいせい（経済計算）まで取り仕切るようになっていた。名前を中華風に「シトク金丸《かなまる》」とし、泊湊では知る人ぞ知る若者に成長していた。

何度目かの集会である。湊は、安里太子の屋敷から眺めると点々と島が散らばる内海に見える。船は、島影に隠れて数隻ずつ停泊している。湊というよりも小島の集団である。振り返る先、しまなみの右手に山が海岸まで迫っている。その山が、そして点在する複雑な島影の入り江が天然の要塞となり、ここ泊の湊が栄えたいわれとなっている。振り返って北の海岸にそびえる天然の城壁山並みを眺めるシトク金丸に、オンドーはからかうように声をかけた。

「あの山に近づくでねーぞ。」

物思いにふける顔を覗かれた恥ずかしさで、慌てて追いかけようとしたシトクに上から声が響く。

「あそこは天の地、人足で掟を破ったやつらの最後の場所だ。近づくでね。」

山の頂上には昔からの刑場があると聞いていた。わかっているというように首を振り、上がりかけた雨の中、先の連中に追いついた。

「オンドー、今日のスリー（集会）は、なんぞ。」

「知らん、わからん。おまんの方が知りよりて。」

そんな会話の中、地頭の家の広間に集まった船頭たちは皆、神妙な面持ちである。

黒光りする板の間に、座布団一つ敷かれていない中、四、五十人もいるであろうか、男たちの集会はいつものように整然と静謐の中で進められる。正面の床の間、そこだけ琉球畳が正方形に敷かれた一段高いその場所に、泊地頭安里太子は小さく、そして異様な存在感で座っていた。

太子の横には中華風の丸囲いに守られた先祖の祭壇、そしてシーサーの置かれた棚がしつらえてあり、その位牌群を邪魔せぬよう斜に座った「地頭とも係り」の男が、話を始めた。安里太子はうつむきつつも、最も真剣な聞き手となって集団を取りまとめている。

「チュウ（今日）、めい（中国の明王朝）はあんてい（安定）で、都をペイジン（北京）に遷し、こんからも永楽銭は安定だ。交易に銭を受け取ること、それは太子様も奨励してのこと。こんじゅう、交易には銭でまかなうべし。」

一瞬の間合いもなく、船頭たちは「そーれー」（その通りの意味）という合言葉で、同意を示した。永楽銭を使った交易はもう何年もやってきているし、それを踏襲するのは問題ない。問題は大和だ。

「大和、である。」

皆は、混沌とした武家政権が誕生した大和の政治情勢に未だはっきりとした確信を持てないでいた。この年、室町幕府は新しい将軍足利義政となり、京都爛熟文化に浸り始めている。権力を持った武家は、かつて権勢を意のままにした天皇貴族の京都文化の真似に走り、琉球の交易中心であるこの泊湊では、大和との交易相手としてどこを選べばいいのか、海賊の末裔たちは合議による整然とした略奪の策略を地頭の前で練っているのだ。

「ヤマトンチュ、三つ巴。大御神《おおみかみ》の世、ウミンチュの世、きんじゅう力《ちから》さむれーの世。」（大和の国は混沌としている。大御神（つまり天皇を中心とした貴族）勢力、ウミンチュ（海賊）の中心は大坂堺や神戸の湊の商人たち、そして最近幕府なるものを作った武士勢力の三つ巴である。）

「大御神の世、動かぬこと北山のごとく、きんじゅう。さむれーの世、世疲れでオオミカミのごとく引き、よいなー。ウミンチュ、力のごと、われ海へ出とうとのきんじゅう。」（天皇は動かず、武士どもは戦いに疲れて天皇にすり寄る。海賊商人は力を得て南の海に出没し始めている。）

さて、どこと付き合うか。対岸の中国は明によりしっかりと相手が決まっている。その明の商品を高く買ってくれる大和の交易相手にふさわしいのがどこかという論議なのだろうか？　ここでの最大の問題は、明との勘合貿易の正式な相手方が室町幕府であるということだ。戦いに疲れ、宮廷文化に浸りつつ力を弱めているそのさむれー政権だということ。一方の堺の商人たちは、一部の勘合貿易も仕切ってはいたが、ほとんどが海賊船、非正規の交易船なのだ。もちろん儲かるのはこっち、非正規の海賊船との取引である。勘合船は明と直接なんでも取引できるから、いちいち琉球船の泊の連中との取引など必要ない。一方の商人船は正式なルートがない以上、琉球を介した今でいう並行貿易だ。そちらが相手として儲かるのは言うまでもない。

しかし、である。非正規船との交易は、明の処罰の対象である。中国は自国との正式な貿易を行わない船は認めない。そういう非正規の交易船と取引する船もまた明にとっては敵なのだ。そして、今日ここに集まっているのは、正式な交易を選ぶのかそれとも大和についてのは非正規船との交易を行って明との関係を悪化せる犠牲を払うのか、それを決めに集まったのでは断じてない。

儲かる船との交易を諦めるわけがない。結論は、堺商人とも幕府勘合船とも両方付き合うということがすでに決定しているのだ。ウミンチュの血が、一方だけと交易して、みすみす利益を逃す判断などしようがない。要は、この正規と非正規、どちらとも付き合うための統一した見解、論理立て、理由付けをここ、泊湊を見下ろす地頭様の屋敷で決しようというのが目的なのだ。

論理さえ決めてしまえば、それに沿ってどちらとも自由に交易すればいい。見つかって問題になっても、地頭様や仲間が守ってくれる。それが、海賊文化たる琉球のやり方である。

「これから、どうやって非正規船と付き合うべきか？　意見のある者は申し出よ」

地頭とも係りの促しに、皆はうつむいたまま、早い初夏の海風が大きな屋敷の広間を吹き抜ける。そこまでは考えてねー。それが誇り高き船頭たちの本音である。

シトクは、その時、なぜ声を発したのか自分でもわからない。最初の息を吸い込んだあたりで、連れてきてくれたオンドーが「やめとけ」という目でこちらを見ているのがわかった。だがシトクの声帯は、震えながらも意思を発してしまう。

「とんでーあたりもしよらんが、おんらー、とまりんちゅがやまとんちゅ、しめーけんれんで、さといてーでよみて。」（ちょっと的外れかもしれませんが、私ら泊の船が、大和の海賊船を取り締まるというのはどうでしょうか？）

皆は、このまだ二十九歳の若者、イザナの島からやってきて、経理に長け、交易の取り仕切りまで任されるようになったこのシトクの声に、ほっと、そうだそうだと胸をなで下ろす者、取り締まりでは交易はできないと口々にぶつぶつ言う者、その場はいつもの仲間内の会議に緩やかに戻っていった。ざわつきはするものの、誰も正式な発言をしようとはしない。その場をまとめるのは、シーサー横に鎮座するガタイのでかい、さっきから発言をしている、とも係りの役目である。ウミンチュのしきたりに従って、とも係りはそれぞれの船頭（班長のようなまとめ役）に意見を促した。

班長の一人、シトクを従えてきたオンドーは、結論がどちらに転んでもいいようによしともせず、いなともしない。中間管理職はつらい。

五人ほどの班長の意見が皆似たようなあいまいなままであることを確認したとも係りは、いよいよ海賊の長、安里太子にその判断を預けなくてはならない。促すまでもなく、太子の声を待つのみである。

遠く下界の道路から船人たちの猥雑な会話が、しんとした広間に届いては消えていった。静寂を待っていたかのように、太子が小柄な首を上げ、大きな眼球がそのままむき出しになった丸っこい顔を皆の方にこの日初めて向けた。多くの船頭たちは畏れ多くて目を伏せたが、シトクだけは興味津々、太子の顔を覗き込むように凝視した。

太子の表は、目が大きく鼻はしっかりと際立っており、口は女好きのする少し反り返った太めの唇である。ガサツなウミンチュにあって、ひときわ小柄な美少年であることにシトクは動揺した。若い。そのなめやかな口から、澄んだ声が海臭い男たちを洗い流すように広がっていった。

「しめーけんれんで、いきおいになすによして。」（取り締まりということで行こう。）

「そーれー。」

一同の唱和ももどかしく、太子は一人顔を上げているシトクに首を向けた。その横に、長年、それこそ太子自身が生まれた時以来の安里家の部下であるオンドーを見つけ、その配下であることを確認し、太子の首は何も言わず、何も示さず最初のうつむき加減に戻っていった。

集会はおしまいである。とも係りは儀礼に則って太子に従い、退出した。シトクの発言が災いをもたらさなかったことにほっとしたオンドーは、皆の者が去っていくのを待ってゆるりと唐様赤い欄干の中庭にシトクを従えた。そこで待っていたのは、さっきのとも係り。ぎょっとしたオンドーに太子の用心棒のような男が声をかけた。

「よってけ。」

オンドーは、またさっきの胃の痛みをおぼえつつ、仕方なくシトクを従えて用心棒に付き従う。先にいるのが太子だというのは容易に想像できた。シトクはというと、庭にある珍しい松やソテツを眺めつつ、半分浮わついた気分でどんな部屋に連れていかれるのかと想像し始めている。

太子の居室はさっきの集会所から北にのぼったところにある。まだ午前の太陽が東から照り付ける障子窓を背景に座った太子の正面には、集会所の屋根越しに泊湊の全景が見渡せた。背後の障子窓は唐様に半円で開かれ、その向こうに黒い大仰な屋根の形をした黒い影が見て取れた。太陽光を背にした太子の美少年の面影は暗く、はっきりとしない。また、その背越しに見える黒い人工物も判然としないシルエットで、それでもシトクにはこれまでイザナや他の琉球西海岸では見たことのないような建物であろうことは想像ができた。その形を頭の中で組み立てようと凝視しているシトクの目は、まぶしさに細くなっていく。

まず、声をかけたのは暗い影の地頭安里太子である。

「あれは首里じゃ。」

目を細め、必死に形状を見届けようとしているシトクに、微笑むような美声が投げられた。その声にシトクは、再度思った。若い。真黒な城は、琉球を初めて統一した第一尚氏王朝の象徴、首里城である。一部はねあげの屋根が、異様な黒さと相まってシトクには不気味に映った。この太子の屋敷を超えて首里に近づくのは下々にはご法度。特にウミンチュは、祭祀や農業を取り仕切るユタや祭人と違い、気軽に近づけるものではなかった。そう、あの逃げ延びたのち通行証を発行してくれた首里のユタの本拠地、幸喜地区の出自の者でさえ、相当な官職でなければ首里んちゅの本拠地、お城に上ることはできない。

ただその首里でさえ正面は西、つまり泊の湊から遠くは明の国に向いており、その足下で行われる交易・文化の背景があればこそ、琉球の王として君臨できる力を手にできた。泊地頭のこの屋敷が、代々琉球貿易の要を仕切っているということは、首里から出城のように湊を見渡すこの位置が雄弁に物語っている。

一方で、農耕を中心とする中部や北部の中山・北山、そして首里の少し南東に位置する勝連城を中心にする南山ですら、地元耕作の稲作からの年貢が力の源泉となっていた。この琉球の二重構造が、常に農耕権力と貿易権力の戦い、バランスの上に位置する不安定さをもたらしている。

交易権力の中心人物こそ、今シトクの目の前にいるこの泊地頭、安里太子なのだ。何代目かのこの海賊の棟梁は、しかし肉体で荒海男どもを束ねる時代から、情報と知力こそ交易の要という考えを何代か前の先祖から受け継いでいた。

一方の農耕権力の象徴であるユタや祭祀を中心にした権力は、中心は首里の主であると決まってはいるものの、経済活動、富の源泉が太陽・水・耕作地の恵みであるだけにその掌握は難しく、常に政治や争い、騒乱で首里の城主は決められる運命にあった。

それはちょうど、武家集団が権力を握った大和の幕府政権のようなもの。幕府は権力を握った瞬間から農耕による不労所得をあてにし、文化爛熟の運命を逃れられないでいる。何代にもわたり琉球海賊の長であった安里太子は、そうした世の流れを理解している琉球唯一の若者であると言ってよかった。

そして今日、自分と同じような世界観を共有できそうなシトクという若者を見出したような気がして、急ぎオンドーを呼び出したのである。オンドーはすでにまな板の上のコイ、おとなしい生贄よろしく、自分が主役でないことだけが救いであった。

シトク金丸はというと、何度も雲の上の存在の太子を遠くから眺めてはいたものの、そろそろ二十九歳にもなり、出世の道を歩み始めたくてうずうずしていた。海賊文化は、こういう若者を取り入れることには寛容である。オンドーもそのうち、船の一つも預けて海に出すかと考えていた頃だった。

首里と聞いて、シトクは問いかけずにはいられなかった。

「首里には行かれたことはあるんでしょうか?」

太子が最初に声をかけた以上、それに答えるのは構わない、海賊のルールでもそれは許されている。

「いつも行く。今日もこれから行かねばと思うているところ。」

太子はあいかわらず微笑み、口元のゆるみのまま答えているが、それはシトクには暗くて見えない。シトクが次の質問をしそうなので、太子は続けた。

「島は恋しいか?」

自分のことを知られているのに動揺しながら、シトクは見かけだけ平然として答えた。

「イザナは神の島。いずれ私は宝を持って帰ると思います。」

「宝を手にするにはどうしたらいいか?」

太子の意地悪な質問にシトクの答えは、一つ。

「知恵です。」

「水、太陽、土の恵みではないのか?」

もっと意地悪な問いにもシトクは、自然は人間の力が及ばないこと、本当の宝は人の中、命、そして知恵にあるというようなことを話した。シトクにしてみれば、干ばつで死んでいった多くの人たちに治水の知恵があれば救われたであろうにという、あの島を出た昔の原体験がある。だからこそ、その物言いには迫力があった。

治水の知恵を、わがものにして民衆に喧伝しないユタ、ノロの力。神秘的な力に頼って統治しようとするその姿勢に対して批判的なのは言うまでもない。じっとシトクの言い分に耳を傾けていた太子は、したりしたりと何度も心の中でうなずいていた。

控えのとも係りの促しに、首里への登城時間であることを悟った太子は、最後に一言。

「知恵はぬちどうじゃ。ぬちどうはてーげーにな。」（知恵こそ命、命は大事にせねばな。）

そう言い残して席を立った。ふと、立ち上がる太子から白檀の清楚な香りと、若い端正な面持ちがにおい立った。二人はお互いが同じくらいの年齢であることを、この時悟った。

二〇一八年　泊――

東西に延びる那覇空港滑走路。日の沈む西側からの着陸の時、左の窓から大きな客船の白い船体がビルを横倒しにしたような圧倒的な存在を示していることがあれば、その中国からに違いない客船の船体が横付けされている場所こそ、那覇の港町、泊地区である。那覇は横浜同様、港から発展した街だ。

沖縄本島を縦断する幹線道路である五八号線、そのスタートもこの泊地区に近い明治橋から。東京で言えば日本橋、国道の出発点である。交通の要がこの港の周りに集まっている。この明治橋から海側は埋め立てて出来た土地で、シトク金丸の時代にはほとんどが海であり、唯一、波上宮という神社のある小高い山がその当時の離れ小島であったという。

泊の港に向いた首里の城を下っていくと、ちょうど港と城の中間に安里町がある。この安里町から現在の国際通りが始まり、昔ながらの商業地域が広がっている。この場所こそが、ウミンチュ安里太子、海賊の棟梁の本拠地であったところだ。

そして、安里町の海側向こうには泊の町がある。碁盤の目のような直線的道路からも、ここが埋め立てられた土地であることがよくわかる。安里町のくねった道路と泊町の整然とした道路、その接点に崇元寺がある。つまり、シトク金丸そして安里太子の時代、この寺は海岸の突端にあった場所だ。ここに沖縄のタブー、触れてはならない事実が隠されているのにまだ気が付かない私は、この日も沖縄の食材を探しに、この海賊の街、猥雑な国際通りに隣接する牧志市場に出向いていた。

ここはそう、京都の錦市場、大阪の黒門市場、東京でいえばアメ横市場。そんな古くからの庶民のなんでもゾーンだ。一言で言えば怪しい。海賊が略奪ものをさも高く売りつけるがごと、買い手のそぞろ歩きも品定めの眼も、さしずめ戦利品の値踏みである。

シェフ高山が最初に食いついたのはミミガーの大袋、豚の耳である。中国では蹄《ひづめ》以外すべて食うと言われる豚は、琉球を代表する食材だ。豚足やホルモンなんてかわいいものだ。くるくる、ちりちりと巻いたゴム質の食材を見て、彼がどんな料理を思い浮かべているのか聞きはしなかった。

ただ、彼がオイスターソースに中華風スパイスを加えた煮汁で煮込んだ豚の三枚肉の仕上げにレモンの酸味を生でぶっかけ、あのしこしことした歯触りの中に噛むほどに甘い脂身が美味しいレストランでも人気のメニューを思い出していた。

ここ、沖縄では三枚肉はソーキ（スペアリブのこと）と同じ、甘辛い真っ黒な汁で煮て、いわゆる豚の角煮（ラフテー）という料理が主流である中、煮込みすぎず、そのため角煮ほど柔らかくなくとも、硬さの残るさわやかな脂身は病みつきになる一皿である。こういう料理を編み出すのはさすがとうなったものだ。食材は沖縄のものを使うが、調理方法は琉球にこびない。そんなシェフの意気込みを感じさせる。今度のミミガーも、どんなものに変身するのかを聞くのは野暮というものだ。

ミミガー以外には、色鮮やかな熱帯魚のような魚たち。さすがにお店用にはここで買って帰るわけにもいかず（恩ザビーチには近くの名護漁港、恩納漁港から新鮮な魚介が捕れたその日のうちに運ばれてくる）、名前と代表的な調理方法を熱心にメモるシェフを置いて、私はふらふらと細い横道にそれていった。

向こうに見えるカリユシの柄が気になったのも束の間、目の端にレストランの浜辺や今帰仁城で会った老人を見たように思えたからだ。「ちょっと！」と声を上げたのも構わず、老人は素早い身のこなしで雑踏の中に消えていく。昔は海賊たちの人いきれでにぎわったであろうこの市場の石畳の向こうに隠れつつ、私には「そうげんじに行け」という声がしたように思った。ソウゲンジニ行け？　そう、源氏に行け？　深追いはするなという心の声に従って戻った私を待っていたのは、メモ帳をわさわさとめくりながら歩いている高山だった。

「えっと、グルクンてやっぱ、フライ以外無理なんですかねー？」

スーパーでよく売っている魚の丸ごとフライはほとんどグルクンだ。身は少なく硬い、だからフライをして細かい骨を食するという意味で、関西のオコゼやアブラメのから揚げに似ている。シェフはそれを他の調理法で試してみたいようだった。

「スモークは？　少ない身でもスモークすれば香ばしく、濃厚な塩味で少しの量で十分満足、何ちゃってね。」

横目で軽蔑の視線を投げながら、シェフは私を無視して駐車場に向かった。

「オーナー、この際ですから首里城行きましょう。王朝時代からあそこで食べてたお菓子を再現した茶屋が出来たそうなんで、行ってみましょう。」

第五章　志魯・布里の乱

一四五三年　首里――

シトク金丸は夜陰に紛れ、城の東側の裏道、西原の山道から首里城に向かっていた。もう九月とはいえ、夏の盛りのようにうるさいカエルの大合唱を隠れ蓑に、夜露をもろともせず、山のなだらかな斜面、道なき草むらをかき分けひたすら上っている。

思い出す。あのイザナの最後の夜、新月の暗闇に幼い弟をロバに乗せ、ひたすらキヤのもとに急いだあの夜を。家族のように三人で船を奪い、ぬめぬめとした夜の海に乗り出したあの夜を。あの時は追っ手に追われ、いつ見つかり二人の仲を引き裂かれるかとの思いであった。見つかったら自分がキヤを無理やり引き込んだと言うしかない。そうすれば土地持ちの娘の命だけは助かるやもしれぬ。口には出せなかったが、シトクは悲壮な決意を胸に固くしまい込んでいたあの当時と違い、今は同じ夜陰に紛れた行進も、二人ほどの護衛を従え、王位に就くやもしれぬ王統の子、志魯大公に知らせを持っての強行軍である。

先の八月、真夏のセミの鳴き声の中、第一尚氏尚金福王が突然崩御され、次代の王を指名する間もなく王は旅立った。いつものように繰り返される王統承継争いの号砲が鳴った。争うのは、嫡子の「志魯」と先王の弟「布里」だ。世にいう「志魯《しろ》・布里《ふり》の乱《らん》」(一四五三年)である。

直系の男子がその家の財産を継ぐという儒教思想に根差した琉球の習慣でも、こと王統となれば、その適格性や従者の質、そして母、弟嫁の女一族の争いも乗じて、その激しさを増す。本来であれば嫡子であり、崩御前に遺宣がなされれば問題はなかったはずの志魯だが、一旦反乱を起こされれば受けて立つ以外の選択肢はない。志魯はこの時若干十一歳で、とても政治ができる歳ではない。ましてその母と先王の弟「布里」の嫁が同い年ともなれば、平和な農耕社会の中で権力争いが起こらないわけがない。首を取った方が王に君臨する。一族にはすべてが手に入るのだから。

シトクは同年代の泊の地頭安里太子に仕えてすでに十年、兄弟の契りにも似た関係を持った太子様からシトク金丸に直々の指図である。布里弟帝が今夕遅くに夜陰に紛れ志魯様を襲うとの情報を持っての強行軍だ。泊の側、首里の西側はすでに布里軍のもの、同じ弟君の越《こし》来《く》王子の戦力も加わり、ともに正門は固められている。

越来王子(先王の弟、布里のそのまた下の兄弟である)本人は、この時、北谷《ちゃたん》の北にある越来地区の自分の領地にこもり、成り行きを見守っている。嫡男と自分の兄が争ってはどうすることもできない。というより、そのように様子見を安里太子に勧められては無理に動くわけにもいかないのだ。どちらかに加担してしまえば、最悪の結果も免れない。一応は両方に味方をしたふりをするのが最高の策と思えた。そしてこの策を進言していたのは、泊の安里太子と、誰あろうシトク金丸であった。越来はもともと耕作に向かない地、そこの治水に王統勢力のノロの助けがない以上、越来王子が安里太子の子飼いで、治水知識もあるというシトク金丸に助けを求めたのは自然な成り行きだった。越来王子はシトクらの言うまま開墾もし、そして、今も彼らの進言に従って「だんまり」を決め込んでいる。

布里（富里）王子は先王の弟。本来なら嫡子の志魯が王統を継ぐはずのところを、自分の嫁とかの志魯の母（つまりは先王の妃）一族同士、女の祭祀集団同士の戦いで王統を奪い取ろうということだから、首里の祭祀勢力はあてにはできない。そうであれば、その旧来のユタ、祭祀勢力と競い合っていた泊湊の海賊勢力である安里太子を頼りにしたのであって、首里正門を押さえることができたのも、この泊の位置関係からしての成り行きだった。正面を固めれば、城の裏面西原から南山に逃れるしかない。もし志魯が首里を捨て逃れれば、王位の正統性は容易に崩れる。深追いは禁物とのアドバイスは、誰あろう安里太子の進言であった。

美少年安里太子自身は、表を固めた布里の陣の中にあって、それでも相手方の志魯に味方するのは海賊の血、ウミンチュの誇りだ。シトク金丸はその重要な役割を負って、裏口、西原口から今、志魯大公に逃れる道を用意すべく夜陰に紛れている。

シトク金丸の従者は、明との交易品でもある硫黄から精製した火薬を懐に潜ませている。味方の証として差し出すつもりのその武器は、まだ鉄砲になりきっていないが、爆薬、花火としての威嚇にはなりえた。

首里の本殿は暗い。南国の太陽を避けるべく大屋根に覆われた主神殿は、志魯とその家族郎党が慌ただしく立ち回るのみで光はない。今夕攻めるべきか留まるべきか、城の外の様子はノロたちの自慢の情報網を駆使しても、戦、戦乱、争いとなっては平和の優等生司祭には無理である。手柄欲しさのあいまいな情報がもたらされるだけで、本当の状況など誰にもわからなかった。いわく「布里は呪術を恐れて攻めあぐねている。」「いや、暦からして明後日の夜か、朝方には攻めてくるに違いない。」「星の動きが不穏である。よってここは留まるのがよかろう。」などと意味のない戯言に、一族の長として差配をふるう志魯の母も神経はいら立ち狂う寸前、いや、もう狂っていたかもしれない。そこへ外からの使者、明との貿易でも才覚があると噂されていたシトク金丸らが駆け付けたという。会わない選択肢はこの時の志魯らになかった。

暗い中でも祈りのためであろうか色濃く焚かれた香の香りをかき分けて、通された母君の前でシトクらは硫黄のあの汗臭いような卵の腐ったような汚泥を体臭に混ぜ、志魯らははばからず鼻に衣を当てながらの接見である。

「で、何しに来やった。」

警戒感を緩めぬ問いかけに、シトク金丸らは返していた。

「布里殿は、今夕ここに攻められます。」

あまりの平然とした様子に声を上げ、うろたえる女官たち。

「やめい、しずまんしゃい。」

たしなめる志魯母もその実、穏やかではない。攻めるか逃げるか、その判断を迫られることはわかっている。

「そんなこと、知っちょるで。今宵、首里も受けて立たいね。」

気丈さにかけては、かつての王の妃の右に出る者はいない。

「焼きなさい。首里を焼きなさい。」

しかし間髪を入れず放った使者シトク金丸の言葉には、彼女らを黙らせるだけの力があった。

一瞬の静寂、小さなろうそくの火の燃える音すらするその中で、シトク金丸は続けた。

「打って出ても両方倒れます。漁夫の利を得る者が出る。戦わず首里を出なさい。その時、ここを焼くのです。そうすれば、ここにいる者は王ではなくなる。王は嫡男の志魯様のみ。

城のない首里には何の意味もない。志魯様は時期を見て他で城作りをすればいい。呪術でその場所は出るはずだ。」

しんとした女官たちは、戦いや死、飛び散る血しぶきを覚悟し始めていただけに、シトクのこの案に飛び乗った。逃げればいい。首里を焼けば、王はこの幼帝志魯が後に城を作り宣言すればいい。しかも、その場所はわれらが呪術で決めるという利権も生まれる。逃さいでか、この提案。がやがやとする一族の議論は、シトク金丸の案に一方的に決まっていった。その間、身じろぎせず聞き入っていた幼帝の母も、最後は優しいなめやかな声に戻り、志魯帝に奏上していた。

「大王様、この際、城は焼きましょう。そして、かの地でまた再興しましょう。尚氏はこの志魯様のみが受け継ぐことができるのです。」

幼帝はただうなずくしかなかった。

攻め入る夜陰にあと半時もない。皆はそそくさと準備を始めた。シトク金丸もお付きの者を使い城のそこかしこに硫黄の火薬を仕掛け、いつでも火を放てるよう準備をした。志魯らが退場の準備に追われ、未だ出立すらしていない状況で、シトクの部下は無言で火を放った。

放った火は硫黄の成分とあいまって、青く冷たい光を真っ暗な首里の空に吹き上げた。炎にも音がある。この時のシューっという音は、まっすぐに天を目指し、青白い高温の光を夜空に突き刺した。

　炎に驚いた志魯たちは取るものもとりあえず、首里本殿から正門と反対の東、西原へ逃げた。そこには泊太子が放っていたあの大仰な「とも係り」が少数のウミンチュ、選りすぐりの海賊たちを従えて待ち構えている。外海の海賊船との戦闘に慣れた彼らにしてみれば、逃げ惑ってくる女官やひ弱な占い師の集団など物の数ではなかった。彼らは夜陰に紛れ首里の裏庭の草木に隠れて、一人また一人と龍刀剣に倒れていく。泣き叫ぶ間もない。静かな殺戮だった。

　正面の布里陣営は、首里に上がった火を見て一瞬でその道を読み取った。焼くということは逃げたということ、それでいて正面自分たちのいるこの場所には猫の子一つ来ない。西原に逃れたな。謀られたと思った布里らは、慌てて少数しか配置していなかった裏門へと本隊を向けた。

　本陣に人が残らないほどの全力を挙げて、首里の裏西原に攻め入った。首里城を下る円覚寺手前門柱の前ですでに敵陣は壊滅していたが、そんなことは知る由もない。主力部隊が裏に回り、少数の警護隊だけを残した本隊、布里の本陣は、先王の弟布里を先頭に数人で首里城を駆け上る。なだらかな坂道に予想していた抵抗は一切なく、敵陣は逃れたと確信した陣営は、この際、重い武器を後から上ってくるであろう百姓部隊に託して先を急いだ。なぜなら、ここで首里が消失してしまっては、城を攻め落として先王の後を継いだという名目が立たないからだ。

　もはや戦いではない。正殿は燃え落ちませんように、火を抑えることができますように、と祈るような気持ちで終戦そして火消しに向かった心意気に、緊張や戦闘の意識はない。水の位置や消火の手はずを大声で言い合いながら城の上に向かった。

　そして、ここでも待っていたのは泊太子の精鋭海賊部隊、例の「とも係り」である。先ほどはおなご衆、今回は丸腰に近い少数の疲れ切った男衆と、その違いはあったが、もはや戦と呼べるほどの戦いはなかった。三人も斬れば布里は仕留められた。あっけない戦の終わり。首里城本殿の中庭にひっそりと先帝の弟は崩れ落ちたのである。

　志魯・布里の乱は、こうして両者ともの戦死によって夜が明けきらぬ頃、未だ夜陰のカエルが鳴き叫ぶ頃、その声すら邪魔せずに終結していた。後から上ってきた布里の百姓陣営は、もはや仕切る者のいなくなった烏合の集団。すでに静かな権力を握っている泊地頭の安里太子が、彼らを取り仕切る。多くの顔を見知ったウミンチュの下級士族も、その中でそれぞれの小集団を統率し始めていた。彼らは誰がこの場の指揮を執るのかを心得ている。あの太子様が静かに明け切らぬ空を眺める中、シトク金丸やとも係りは、ここで消火活動を指揮することになる。

自ら火を放った首里を、今度は火消しに回ったわけだ。琉球のマッチポンプ。その張本人である安里太子は決して本殿に登城しようとはせず、頃合いよしとみるや昇る太陽に負けぬよう隠遁先で控えていた先王の弟、布里のそのまた下の弟である越来王子を迎えに行くようにと急ぎ部下に命じていた。

越来王子が到着される頃には日は昇り、新しい夏の日が始まる。そこで越来王子の王統継承を宣言すればよい。今や誰も反対する者などいようはずもない。太子とシトク金丸はこの策略で、農耕文化を背景にした司祭権力から、自分たちの貿易を中心にした知恵の権力、ウミンチュ、海賊権力にこの首里を従える。そう、ウミンチュの世の始まりである。なにせ越来王子は隠遁時代の十年以上、太子やシトク金丸と琉球が生きる道をともに話し、夢を共有してきたのだから。

あいまいで何かというとマブヤー（魂）、そして神の力に逃げ込む身勝手な呪術権力などもういらない。もごもご言うユタはたくさんだ。これからは、誇り高き海賊、海人（ウミンチュ）の世だ。

三十の後半に差し掛かった後の琉球第二尚氏始祖の王シトク金丸は、太子とともに越来王子改めこれから尚泰久と呼ばれる第一尚氏第六代王位に就く尚氏の王と、豊かな国生みの構想に胸を膨らませつつ、青い炎を赤く染める首里の裏から昇りくる朝日のそのまたさきがけの朝焼けに心を焦がしていた。

尚泰久王の即位は質素であった。なぜなら城は焼けているのだ。あの両者を成敗した青い炎の夜からひと月も経たずに、尚泰久は王として首里の地で宣言した。その時、首里の裏、西原入間の按司（地域の棟梁）にシトク金丸を指名したのは言うまでもない。この頃になると、シトクの幼名で呼ぶ者は誰もおらず、金丸様と呼ばれるようになっていた。

金丸様は、首里の裏の要所である西原の土地を領地として与えられ、最も尚泰久王の信頼の厚い二人の知恵者が、東を金丸がそして海に面する西は泊地頭の安里太子がこれを治め、守りの前面と後面を固めた。それだけでなく、これまで治水勢力ユタなどの呪術勢力に引け目を感じていた貿易・海賊文化の交易勢力が、呪術と対等かそれ以上の力を持って、この琉球の国作りに本格的に参加してくることになった。それは、やはり太子や金丸だけではなし得ず、王である尚泰久の理解があったればこそである。

尚泰久は金丸を裏の守り西原入間の棟梁に指名するだけでなく、二年という猛スピードで首里城の完全再建を図り、それをもっていよいよ本格的に琉球貿易のテコ入れに入っていった。明の記録にも、消失から三年後には立派に復興した首里城が特使により確認されている。金丸は城再建の翌年、琉球国の貿易長官に指名され、太子と二人三脚で貿易による富国に邁進した。

しかし皮肉なことに、尚泰久が王位に就いた年の四年前、中華大陸の明朝は土木の変という辺境モンゴルのたった三千の軍勢に百倍の三十万の兵で敗れ、正統帝はその後一年で無条件に釈放されるとはいえ、一旦は敵方の捕虜になってしまうという失態を経験する。漢民族、火薬による武力侵攻の全盛を極めた明も、火薬技術の世界的広がりとともに、その終わりの始まりを迎えるのである。

尚泰久の時代の始まりには、明の皇帝は北京に戻ってはいたが、その後の内部争いや外圧に悩まされ続けることになる。尚泰久はその変化すら、琉球の拡張に利用しようとする。海のモンゴル民族よろしく、明国と対峙しようとする。一方の大和は室町幕府の爛熟が進み、茶の湯、生け花が「さむれー」の間でももてはやされる。

特に茶の湯は、にじり戸に代表されるがごと、「さむれー」が刀や武器を外に置いて交渉する話をするという文化を諸豪族に広めることになる。武士が武器を外して交渉するというのだ。刀を振りかざしながらの威嚇交渉はもう野蛮なもの、武士であっても小部屋一つで静かに語り合う。貴族文化に染まった交渉術をさも文化、開明のごとく触れ回り、それを中心にわびさびの隠れた贅沢が進行し、ますますもって、さむれーの世から「ウミンチュ」堺の商人による独自貿易（つまりは海賊貿易）の勢力の手に権勢が渡っていくきっかけとなった。それは、武力による統治がもろくも経済力に取って代わられる端境期である。琉球はといえば、挟まれた大国の両方の爛熟とひずみが広がれば広がるほど、その狭間に浮かぶ島国の威勢が伸びるのは、歴史の必然である。

金丸は、その伸び盛りの時期に琉球交易長官として、ど真ん中に存在することになったのである。尚泰久王の治世は順風満帆に見えたが、そもそも新興勢力のウミンチュ貿易を中心にした国作りの野望は、一方で切り捨てられたノロ・ユタ勢力、農耕呪術勢力の統一や制圧を疎かにした。

水に恵まれ耕作地には事欠かない「大和」の農耕呪術政権である大御神を中心にした天皇貴族勢力とは違い、琉球の島国の農耕勢力は脆弱でありかつ規模が小さい。それだけに、内部の勢力争いになりやすい体質をはらんでいた。権力が貿易や海に目を向ければ、その間を縫って農耕の民を治めようという小競り合いが起こるのも歴史の必定。その弊害は、尚泰久王の身内、最も近い農民勢力の覇権争いという形で王の足元をすくうことになるのである。

一四五七年　首里——

琉球の歴史は、大和の歴史の先を行く。日本が開国を迫られたペリーの日米通商条約も琉米通商条約が、その何年か前に結ばれているからこそ成立したと言えよう。

金丸の時代には、文化の中心であった明の影響を色濃く受けた琉球の歴史は一歩も二歩も大和の世の先を行っていた。それは、百年後、織田信長や豊臣秀吉のような戦国武将という農耕文化の支配、全国統一（つまりは領地の獲得競争という争い）を主目的とするものの、その実、戦いの優劣を決するのは鉄砲などの交易品であったり、資金力・経済力による後期戦国の世。琉球は、その秀吉、徳川の世の百五十年前、この金丸貿易長官の時世、尚泰久王の時代にすでにこうした権力の二重性が明らかになってくるのである。それは、ノロ・ユタを中心にした古くからの農耕呪術勢力と、海賊文化貿易を中心にしたウミンチュの世の争いだった。

金丸四十三歳。押しも押されぬ貿易長官、西原間切の地頭に就いた金丸様は、今日も首里裏の正門より金丸専用の門柱を通り、徒歩でたった半時の首里に登城していた。いつも朝の暗いうち夜の明けきらぬ畦道を、地域の水源として機能している首里裏のため池沿いに出立する。太陽が昇れば、年齢的にも金丸太子にとって辛い道程になる。それを避けるための日課である。朝露は必ず足を濡らす。城に到着するや従者が捧げ持つ位階衣に着替えずして、濡れた裾で黒光りする城の床を汚すわけにはいかない。

首里の本殿、南の階位口でいつものように衣を取ったその折に、見慣れぬ正階位の男が金丸のそばにツッとやってきて、ささやいた。

「金丸様、西原をかとう守りてん。護佐丸の動きがともに攻め寄りて。」（金丸様、西原の守備を固めてください。護佐丸が謀反の動きをしております。）

護佐丸《ごさまる》とは、王の妃の父。越来王子時代から王が厄介になっている中城《なかぐすく》の地頭である。いよいよ自らが王権に手をかけようとするその反乱の予兆は、この男に言われずともすでに金丸の耳には入っていた。知らんぷりを決め込んで着替えを進める金丸を見て、上申した男はしばらく反応を窺ってはいたが期待に添わず、現れた時同様、音もなく速やかに退散するしかなかった。首里の裏奥、書院の廊下に消えていくその影を追いながら、金丸はその男の姿をしっかりと記憶しようとしていた。敵か味方かではない。決して重用してはならない官位のリストに加えるためだ。金丸に注進するということは、逆も真なり。いつ裏切るともしれない連中の話を聞くほど、貿易長官は甘くはない。男の背に投げかける太子の目は悲しそうですらあった。

首里は暗い。内郭だけが建造されたこの頃の首里城、主殿の南国の太陽をまっすぐ受け止める破風屋根は、日を内殿に届かせぬことを目的とする。でなければ、琉球の強い太陽のもと、しかも小高い丘に建つ首里の中にあって、貿易長官の執務室は政府の中枢的役割を果たすことができない。暗い室内、泊からの海風を平然と取り込んでこそ、時には大和や明からの使者、日頃にあっては貿易船の頭たちが足しげく金丸太子に事の成り行き、報告や判断の上申に訪れる威厳を保つ。

一方、西面に正対する尚泰久王の右手、つまりは内郭の北殿には、越来王子時代からの王の側近、護佐丸が控えていた。護佐丸は、先王の時代から引き継がれた琉球各地の領地を、それぞれの地域に配した地頭やユタ勢力の情報網や行政網をもとに統治支配する要となっている。右の護佐丸が旧来の農耕勢力を統治し、左の金丸太子が新興の貿易勢力を支配統治する。

尚泰久王は、そのどちらをも手中に収めたからこその安定政権であった。護佐丸はまた、旧勢力の琉球三山、その支配と統治をも担う。旧勢力の琉球三山こそが農耕支配、民俗信仰のユタ、統治機構を兼ねたノロ、そうした勢力のお目付け役でもある。金丸は、今朝またもたらされた護佐丸謀反の動きなど王にはすでに届いておろうと断じて、首里正面に控える泊の湊を一瞥するや、その正面守りの要である勝手知ったる泊地頭、安里太子の意を酌んで、今日も硫黄貿易の差配に頭を切り替えていった。

明の執務官よろしく椅子に脇息、そして小高い漆の机を前に質素な青色の位階衣がシワになるのも構わず、金丸長官は一人の船頭に正対していた。

「交易の永楽銭を受け取らぬ大和船があるとは、どういうことか。どこの船か？」

「銭よりも火薬をよこせ、火の筒をよこせと言うのです。船の形は大和船、ただしその色合いは大坂堺の黒とは違います。やや赤みを帯び、見たことのない色合いです。言葉からすると、薩摩もしくは周防の船のようだと言っております。」

しばらく香炉をいじり回したのち、金丸は断固とした口調で言った。

「成敗せい。永楽を持たぬ船とは交易はできぬというのが、我が明国との符号貿易船、琉球船の掟じゃ。そのような海賊略奪船は成敗するに如かず。」

「ははっつ。」

「ただしじゃ、その薩摩ごときの海賊船が改心し、属領を宣言するなら、我が琉球の地方船として、扱え。」

上申する船頭の不安怪訝な顔をよそに、金丸は止めることのない指示、判断下知を続けた。

「よいな。琉球のこの尚泰久王に普請する、仕えるというのであれば、もはや海賊非正規船ではない。我らが内海この金丸の仕切る船と同じ、そのように扱ってよし。」

「ならば、武器火薬も分け与えて構わぬとのお考えで?」

中年を超え、ますます四角くなった大きな顔を少しだけ上下に振り、威厳を崩さぬ微笑みで答える金丸の心は晴れやかなものだ。薩摩周防ももはや恐るるに足らず。この琉球の属国になる日も近いのだから。

「トイ。かわりにウッチンもしくは作物をもらえ、護佐丸どもに提供してやればよかろう。

護佐丸にはこちらから相応の銭で応えるようにと言っておくよし。」

トイというのは、中国風の受け答え、金丸が機嫌のいい時に出る外国語だ。ウコンや作物をかわりにもらい、それを北殿の農地農耕地域統治の要である護佐丸から地方に分配、それを銭に換えて船の売り上げにしろという指図である。

「そーれー。」

船頭に異論のあるはずはない。上申接見が終わりに近づくと、貿易係の下役人が金丸の風通しの良い彫り飾りのある扉を遠慮がちに引き開け、金丸に王が呼んでいると伝達に来た。王という言葉を聞いてギョッとした上申の船頭は、会話の先を考える気力をなくし、その場を立ち上がるのももどかしく退出しようとするのを悠然と見送り、金丸は位階衣を正すそぶりも見せずに正殿の中央、その御簾の奥に控えている王の玉座に向かうべく椅子を立った。

王の間は静謐に包まれている。付き人の雑多な動きも下界の照りつける太陽も、この奥の院に届く力は持ち合わせていない。静寂でなめやかな琉球の風が、南国特有の植物の香りの上に、白檀、線香の香りを織り交ぜた清々とした空間の中に王は一人、従者を払い金丸を待っていた。

王の表情からは呼び出しの意図は読み取れるものではないが、金丸の姿を見つけるとその表情は心なし緩んだ。安里太子を介したその付き合いは島流し同様、辺境の地に追いやられた越来王子の時以来、もう二十年近くなる。困った時の金丸頼みは王にとって日常になっていた。違っているのは泊の地頭にとどまることに固執した安里太子を最近は挟まずに、金丸と尚泰久王の会話がこの国の多くを決する会議になっていることだ。

それでも安里太子の存在感は決して二人にとって小さくはなっていない。あの美少年の太子、海賊の棟梁はすでに金丸同様四十も半ばになり、人好きのするその唇と表情は王と金丸二人の接見、合議には、いつも大空にかかる雲のごとく、夜空にたなびく天の河原のごとく、王の居室の高く暗い天井から二人を見下ろしているようであった。

「金丸よ、船はどうじゃ。」

いつもの王のとっかかりは社交辞令。貿易長官の連れの従者が遠く部屋から離れていく気配とともに玉座の体は前のめりになり、手招きこそせぬでも、その近くに金丸は控えた。

「護佐丸じゃ。」

その一言で充分だった。最近の中城城護佐丸の不穏な動きは、いやでも王の耳に入る。が、それは間違いなく王の娘婿阿麻和利《あまわり》からの情報と読み取れた。先の乱をうまく利用し、辺境の越来に島流しにあっていた尚泰久王が王位を維持するには、金丸らの貿易銭のあがりだけでは安定はしない。古来からの呪術勢力の群雄割拠する各地の按司を味方にせぬでは、狭い琉球とはいえ安定した王権は望めない。そのためにやること、後の大和と同じくこの頃の琉球ではすでに武家同士の政略結婚が行われるようになっていた。血縁こそ政権安定の基盤である。その血縁の一つが護佐丸、王はかの有力按司の弟の娘を妃正室にしている。その妃は王の妻という立場だけでなく、聞得大君《きこえのおおきみ》となり、全国のノロ、ユタを束ねる最高位の神官になっている。

姪が妃であればこそ、最初はその舅、いわば王の親の立場を利用した領地侵略を繰り返し、今や中山から南山へ、南の領地を取りに中城城までその按司勢力に併合した護佐丸は、王との血縁関係すら今や必要とせぬくらいユタ、ノロの勢力を抑えている。一方の南の阿麻和利は、王の娘を妃とし、王の孫を設けるに至っては王権の将来の承継者ともなろうかというその立場は、南の勝連《かつれん》という小さな地域の按司であっても、王権権力に最も近い存在と言ってよかった。この強固に見えた血縁権力構造は、王の舅「護佐丸」と、王の義理の息子「阿麻和利」との権力の駆け引きのバランスの上になり立っている。

皮肉なのは対立する護佐丸と阿麻和利同士も護佐丸の姪、つまりは王の妃の子、王の娘を妃に迎えた孫の夫という緊密な血縁で結ばれてしまったことだ。尚泰久王を挟み、舅と孫娘の嫁ぎ先は、これまでの勢力争いをやめて王を中心にした農耕権力の安寧に手を結ぶはずが、逆に王を挟んでその後継争い、いや年齢世代からいって王の親にあたる護佐丸は王位そのものに興味も関心も潰えず持ち続けている有様だ。

王はその間に立って、やはり今日、阿麻和利（つまりは娘婿）からもたらされた護佐丸（つまりは妃の父）に謀反の意思ありとの情報に、いかに対処したものか、今や皮肉なことに血縁のない唯一の腹心、腹の内をさらけ出せる相談相手、金丸長官を呼びつけての相談だった。黙って聞き入っている金丸を相手に、王は人払いした静謐な玉座から時々ため息や苦しそうな息を吐きながら、つい先頃行われた「うまあい」の様子を語り始めた。

煙が回った。首里城昇殿の二階、王と親族、高位のノロしか立ち入ることのできない「さんぐーい」（神殿）の奥、日常の「おせんみこちゃ」（王の健康と王統の継続を祈る毎日の儀式をする場所）のそのまた奥、チョウノハナ拝所で月に一度、収穫を祈念し琉球の安寧を祈り、また神がかった聞得大君（ノロ神官の最高位、神の言葉を継げる者）の口から王の行くべき道が示されるうまあいの日である。

琉球ノロの頂点に立つ聞得大君は、王の妃が禊ぎを経て司る王権の神性の証であり、琉球の津々浦々に張り巡らせたノロ、ユタの神性支配を形にしたハイエラルキーの頂点に立つ女性神官である。王の妻はこうして王国の道筋を司る。そして今まっすぐに上がった白い一筋の煙が、まるで急に自らの意思を持ったかのように美しい正円を描きながら幾何学的な螺旋を形作っているその前に座し、神に祈りを捧げお告げを請う聞得大君は王の妻であるより、今や農耕地区勢力を束ねることになった護佐丸様の弟の娘、つまりは姪であることの方が、彼女をこの神聖な座にふさわしくオーラを放つ源泉となっている。

この日のうまあいの儀式においても、聞得大君の後ろ左右に神の道を開け分かれて正対する四、五人の権力者呪術者たちの筆頭に、王の正面、我が物顔で姪の祈りに聞き入る護佐丸こそが、一人神のお告げを事前に知り得る立場にあった。

前日の夕餉、王の妃、自らの姪を自邸に呼び寄せた護佐丸は、琉球北山の水不足や南山の耕地開拓の方針を、まだ若さの残るそして何より叔父に忠実な我が姪に噛んで含めていた。神前で何を言うか、聞得大君は図らずも護佐丸の意図を神がかりつつも、行くべき道や昨夜の夕餉の印象、そして叔父の話を、知らず知らず自らの意思にかかわりなく唸りの祈りと同時に物語っていた。あたかも護佐丸こそが神であるかのように。

王はといえば、神のお告げを借りて繰り出される様々な情景に畏怖しつつも、ノロ、ユタ勢力の強化、治水の重要性、豊作と引き換え、神より告げられた年貢の引き上げ、それらをうやうやしく聞き入るばかりであった。すべては護佐丸の利益になるとしても、聞得大君の言葉であり、それは神の意思、琉球にこの首里をはじめ七つの陸地を創造したと言われる神「アマミキヨ」の御意思とあらば、護佐丸の強運こそ神がかりと理解するよりなかった。我が妻の言葉はこの国の、そして民こそ財産と、それは疑いもない聞得大君の神性な言葉なのだから。

芳香を放ちつつチョウノハナの拝み所をたゆとうた煙の末が、最後の強い香草の蒸せるような白い匂いを残して消え去ろうとする時、神は王の妻の口、いや護佐丸の姪の口を借りて言い放った。

「海の世の世界、ティーダの世に習うべし。波らかのフニ、ティーダに逆らうことなかれ。」

（海の活動はやはり太陽の活動に逆らってはならない。波に浮かぶ船は太陽の動きに寄り添わなくてはならない。）

一見当たり前のこと、船ですら太陽の方角を見てその航海はすべきというような平面な表現ではあるが、王にとっては何よりその王に正対し静かに座す護佐丸の意図は明らかである。貿易で力をつけてきた金丸太子、泊安里の地頭に対する牽制であった。

太陽とは農耕文化を指す。その支配者たる自分に交易勢力は従うべし。それがこの日のうまあいの最後の神の言葉であった。

このさんぐーいの間の奥には金丸も、まして単なる一地域の地頭である安里らは立ち入ることすらできない。その奥の殿の拝み所で神性な儀式の最中、安里金丸のいないその場で王は護佐丸への忠誠を誓わされる羽目になったのである。

近頃の財政を考えると、貿易なくして琉球王国の統治はない。千人以上に上る公式の呪術者ノロや地方の地頭らの給料は到底、年に二毛作ができるとはいえ、年貢でまかなえるものではなかった。金丸貿易長官らは、この国を支えるのはウミンチュの力であるとの自負を持っている。その彼らに護佐丸への服従をいかに飲ませるか、王の休まぬ胃はカミチ（胃痙攣）を伴ってピクピクと動き出す。どうしたものよのう。

今や公式の会話ももったいぶってままならない護佐丸の方を見ると、その目は死んだように王を見据えている。もはや相談の糸口もないわい。王のため息が音にならず、この香の余韻に包まれた拝み所の空気に混ざっていった。

護佐丸からの進言に、神の言葉とあれば王も無視するわけには行かぬ道理である。金丸自体はそんなこと歯牙にもかけてはいない。護佐丸の職務に手を突っ込んで余計な摩擦を起こすほど太子様は無能ではない。しかして、護佐丸の神の預言を借りた横暴の犠牲になっているのは、物わかりよくいなすこの金丸らだけではない。唯一、王を挟み対等の立場を貫いている阿麻和利らは、あからさまに護佐丸は王を差し置き神になろうとしているだのと、護佐丸謀反の噂を広め王への御注進を繰り返していた。

「打てという。」

王の目は右手「北の神殿」（護佐丸の執務室のある方）をちらりと見やって、阿麻和利らが謀反の疑いで打つべしという先の相手を明らかにした。

阿麻和利はというと、琉球三山の一つ、南の勝連城《かつれんじょう》に君臨し、王の娘を嫁にした娘婿である。王にしてみれば、娘婿から舅でもある家臣の謀反を打てという話。金丸に「どうしたものよのう」という本音のため息が聞こえてきそうな焦燥ぶりであった。

金丸太子は、この時が来るのを悟っていたかのように迷いもなく返していた。

「撃たれませい。」

言葉の余韻が、暗い王の居室その上の高い天井に消え切らぬうち、王の息を継ぐ気配もねんごろに、四角い金丸の顔は王の目を見据えている。その確たる勢いに、王の次の言葉が音にならず、パイカジ（海風）の沈黙がこの首里の頂上をなぞってゆく。遠くには、虫の音とも鳥の鳴き声ともつかぬ吃音が響くのみであった。

迷いのない金丸の進言にしばらくは言葉を継げずにいた王も、その背を玉座に委ねる頃には決心がついたようであった。冠の玉厨子が静かにその揺れるのをやめる頃、一瞬頭が上下する。この二人にはそれで十分であった。

王から護佐丸を謀反の疑いで打てという望み通りの勅言をいただいた阿麻和利は、三夜の後、兵の準備ももどかしく、明から輸入された甲冑琉球刀などをふんだんに身に着けた茶色い軍団が、首里から南西の勝連城を出て中城《なかぐすく》護佐丸の領地に進軍した。その行程は金丸太子の領地である西原を通らねばならぬ。無論、この成敗を進言した金丸に依存はなく、首里のすぐ下、西原間切を見渡す私邸で早朝の首里登城を見合わせ、その土色に続く師団の成り行きを平然と見下ろすばかりであった。いつもより遅い朝餉の差し向かいには、太子の膳と同様、豪華な酒食がしつらえてある。

象牙の箸をいじりながら、好物の島豆腐を突く姿を金丸は父のごとく、親友のごとく、穏やかな目で見守っている。首里の登城では見られない平穏な、そしてどこか場違いにも思える楽しげな四角い金丸の顔の向いている方向、朝餉の真向かいには、相変わらず小柄な、しかし気力の張り詰めた泊地頭安里太子のその整った顔があった。歳を重ねても美少年の面影を残す。その風貌に釣り合わぬほどの謀を巡らす太子の頭脳は、すでに勝連の阿麻和利が成敗を遂げた後、護佐丸の家族が生き延びた後の、それでもユタ、ノロの信仰を集めつついつかはまた盛り返すであろう一族の弔いと褒賞、成敗と援助の方策に巡り巡っている様子であった。

金丸はというと、安里太子の精悍で見慣れた、いつ見ても惚れ惚れとするその容貌から目を移し、遠くに王の娘婿一族が王の正室妃の親一族を滅ぼそうと立ち上がった赤茶色の隊列を先導する王の婿殿の姿に思いを馳せていた。

「気になるか?」

あまり隊列に顔を向け続ける金丸に、安里太子は一つまみゴーヤの漬物を挟みながら声をかけずにはいられなかった。恥ずかしげに首を回し正対する金丸の四角い顔は、なぜか微笑みに溢れていた。

「太子様も隅に置けん。これではユタやノロの連中がどちらについたとしても安寧の世は望めんことになる。」

「農民の世は終わりじゃ。領地は月桃に咲く白い実のごと、飾りものでしかない。それをその飾りを多く持てば王がどうにかなるという、そんな思いを成敗せねば、この琉球の繁栄はない。身内同士、似た者同士、争って挙句、明やその向こうの元寇、あるいは大和らに滅ぼされるのが見えておる。」

「太子様、我らが王はそのことはもうご存知で……」

言葉の終わらぬうち、太子の箸が食卓の上に飛んだ。

「王は王でしかない！　領地を守るは終わりじゃ。農民の世、ユタ、ノロの世もうんねい。しまいじゃ。次の世は経世、交易、ウミンチュの世、大和を見れば領地年貢の時代は終わる。それがぬしにも見えんとか!!」

安里太子のあまりの剣幕に、金丸は沈黙するしかなかった。遠くにザクザクと兵の続く姿は、この二人にとって、悲しく物わかりに至らぬうつけ者の足音にしか聞こえようがなかった。

この日の夕暮れ、すでに天頂を過ぎた琉球の刺すような太陽が見届ける中、中城城《なかぐすくじょう》は周りを赤茶色の軍団に囲まれていた。城内では交戦の用意も進んではいたが、多くの武将はその城の向こうにひらひらとこれ見よがしにたなびく琉球王の印、破風三角旗の赤い色を認め、すでに自分たちの命運が尽きたことを悟っていた。かつてはこの中城の力、琉球三山として権勢を誇った護佐丸、王を挟み金丸とも正対した護佐丸であったが、琉球は統一され、今や金丸らの交易、明との貿易で豊富な武器弾薬に事欠かない王を相手にしては勝ち目がない。勇敢な死を選ぶより選択肢はなかった。

城内の天井部屋に陣取った護佐丸の横には、今攻め上ろうとする若武者の妻の親のそのまた親、王の正室の生みの親たる護佐丸の弟夫婦、それに育ての親とも言える権勢あらたかであった護佐丸本人が、恨めしげに控えていた。

最後まで王は、舅であるこの城を責めはしまい。何せ舅がいるのだ。そんな保険、保証は何処へやら、兵を送った王を恨むより護佐丸の一族は、その自分たちの信じた王をたぶらかし、しまいには謀反の汚名まで着せて攻め滅ぼそうとする、この城の外陣に陣取ったひよっこの阿麻和利にすべての怨念が立ち向かっていた。

王は間違ってはいない。悪いのは王を手玉に取った阿麻和利ごときである。この怨念は中城の城、その陽光を無情にさえぎる暗雲が駆け巡る天空にまで達している。この恨み、忘れいでか。

護佐丸をはじめ一族の者たちは、ここで無残にもその憎らしい阿麻和利ごときに首を打たれるような手柄を与えるわけにはいかない。王への忠誠は、自らの命をもって証を立てようではないか。そうすれば、王はどちらが本当の謀反者であったか、その真実に気付かれることもあろうと、すでに一族の気持ちは固まっていた。憎っくき阿麻和利に手柄を立てさせまい。自分たちの無言の抗議こそ、王を真実の道筋に導いてくれるものだ。そうだ、ここで静かに自害してみせようではないか。護佐丸とその妃は、お互いにその切っ先で首をはね、介錯の腹心にとどめを刺させた。彼ら夫婦と弟夫婦はその首を城門に晒すことを命じた。

この行動に動揺を隠せなかったのは攻める側の阿麻和利である。謀反を企てたとの上申をしたその相手が、謀反どころか反旗をひるがえすことすらせずに自害するとは。完全な勝利に沸く茶色い軍団の兵士の雄叫び、勝どきの声が華やかにすればするほど、大将阿麻和利の心境は複雑で、嫌な予感さえ感じさせる空気が、本陣の笹の葉の向こうにザワザワと過ぎる島の風の如く、心の平安を打ち崩していった。それは、恨み忘れじと自害した王の舅夫婦の思惑通り、この風向きが少し変わってきた証でもある。

西原金丸太子邸には、護佐丸一族自害の知らせが、夕日に空が赤くなる頃、使者によってもたらされた。金丸は位階衣を着けず、城への出退の気配もなく、相変わらずの親密な泊地頭との外国話に夢中であった時、泥だらけの使者が庭先に現れた。安里太子は静かな細面の顔をうつむき加減にしたまま、使者の様子を窺おうともしない。

「中城は王の謀反者から我が方の手に。」

誇らしく報告する使者の身体からは命を懸けた戦闘の余韻もなく、ただひたすらに汚れだけが目立っていた。金丸は使者に労いの言葉をかけようとした。その時、これまで成り行きを傍観していた泊太子の張りのある声が響いた。

「護佐丸は誰が斬って捨てたのか。」

使者の息せききらぬ胸の波が今一度激しくなったのは、金丸の気のせいだっただろうか。

一拍置いてから使者が続けた。

「謀反の者は自害して候え。」

「自害とは、いかに謀反の者とはいえ、それだけか。矢の一つ、太刀の一振りもなしにか。」

「ははっ」

「奇妙よのう。王に逆ろう整えもせず、意思も見えぬ。誠に反旗の色が見え申したのか。」

「それは…王の御旗のその多さにおののいてのことざとに候え。」

「王の御旗？　中城ではその旗印を取らんが企てを、謀反の用意をしていたのであろう。なして何もせずに自害など。」

「それは……」

誰もが抱いている疑問、今や農耕呪術勢力を南北すべて束ねることになる阿麻和利様に、その疑問疑念の言葉をを投げかけられるのは、この西原に郭居している誰あろう金丸、安里太子の二人をおいて他にはいない。

阿麻和利の王への進言が本当に正しかったのだろうか？　抵抗もなく、王の御旗に刃向かうこともなく、朽ち果てた仲睦まじい夫婦のその最後の場所、自害した城の天守の床の間正面に、城の外でたむろし自分を追い詰めている、今やはからずも敵となった王の三角旗（つまりは城外敵の御旗）が、しめやかに尊厳を持ってさし飾られていたその事実を、この使者は知らなかった。いや、そのことは阿麻和利の側近、数人にしか知れてはならない。謀反の疑いと公言したその者たちの最後の抵抗、我が娘婿王への忠誠、そして実の娘、王権頂点に立つ聞得大君へのやむなき信頼と情慕の形など、決して知られてはならない事実なのである。

それを安里太子は知っていた。疾風の間者によるものか、いや、それはありえない。安里太子にこの時、間者など必要もなかった。阿麻和利の進言は偽物、一人芝居の狂言、錦の御旗欲しさの戯れであったことなど、美青年太子にはお見通し。よって、娘婿尚泰久王を慕う舅夫婦が命をかけてその証を立てようとするのも当然の成り行きと読めた。

「なして、謀反など!!」

暗い月夜の夜、泊の安里太子邸で言い放った王の舅護佐丸の声が耳によみがえる。

「阿麻和利は本気じゃて。王も無下には、ならば城を空けなされい。」

かつて琉球三山と言われたその城を引き渡すなど、この年老いた護佐丸には想像もつかなかった。阿麻和利を打つと激しく言って聞かぬこの王の親たる護佐丸を、安里太子はねんごろになだめるのがやっとであった。

思えば王は護佐丸あっての天下取りだった。越来にくすぶっていた時代には、境界を接する中山を治めた護佐丸の庇護あっての王であったからこそ、姪っ子娘を王統の正室、妃として迎えることで、不遇時代の恩義を返してきたのだ。そんな護佐丸だからこそ、王を思う気持ちは誰の疑いもないところであったが、首里に執務するようになって、農耕権力の力を持てば持つほど、歯止めのかからぬ拡張は、ついに王の娘婿阿麻和利の治める勝連の近く、南山にまで及ぶに至り、王を挟んだ一族の争いは避けられぬものとなったことを安里太子はすでに悟った。

「ならぬならぬ。その討伐の準備をしては阿麻の思う壺、そーれ謀反の証とはやされるのがオチじゃ。王を信じられんのか？」

そう言われては返す言葉もない。無性に奮い立とうとする己が魂を必死に押し殺そうとする護佐丸に、太子は続けた。

「護佐丸よ、越来王子を信じませい。あの越来で護佐の一族と暮らした隠遁の日々こそ夕なの凪、幸せの日々であったはずじゃよのう。あの頃に戻ると思えばよい。万に一つ、中城が落ちるようなことがあれば自ら城を渡せませい。すればまた、越来の王子のように一旦は隠遁の日々かもしれぬが、尚泰久王は決してオンらが恩義を忘れまじ。オンらは王の継母ぞよ。なして、アンマー（母）を裏切れようぞ。明け渡せませい、さすればこの泊太子、必ずや王のヤシロギ（王の御意志）のもと、そなたらの子らを持って中城を守って見せましょう。舅殿は落ちるか、八重山の島にでもお隠れくだされ。船は浦添いや北の北谷（ちゃたん）にも待たせませいて。」

あの約束は守られたであろう。いや、それ以上に護佐丸は王への忠誠をヌチドウ（命）をもって示してみせた。それを思うと、太子にはこの使者にすべてをぶちまけ、謀反人はおまんらこそと言って金丸は刀で斬って捨てたい衝動にかられるのも束の間、美青年の口からはまた、冷静で冷徹な言葉がひねり出されていた。

「ま、勝てばよしじゃ。阿麻和利殿に、この安里太子は金丸長官とともに心よりお祝い申し上げると伝えて申せ。」

やっと想像通りの言葉がいただけてホッとした報告の者は、泥だらけの甲冑を打ち鳴らしながら踵を返し、今や琉球のすべての農地を手中に収めた我が若き主君阿麻和利の方陣にとって返そうとした。

「待ちや！」

声を掛けたのは、この邸の主、西原の領主金丸であった。

「阿麻和利殿に申し伝えよ。この金丸、近いうち祝いに殿の城勝連までお伺いすると。」

「ははっ」

従者はますます誇らしげに、権力の絶頂にあろう主君の元に急いだ。

この時、金丸は美青年太子から一つの指図を受けていた。この日一日、日が昇り、そして欠けるまで、太子ら二人は、これから始まるであろう交易の世に向けた国の舵取り、壮大な琉球王朝の天翔る発展に向けた策略策謀の手はずに費やした。その最初の一手として、金丸は戦闘の翌日、祝いの言葉を述べに阿麻和利の勝連城に向かうことになった。

二〇一八年　首里――

円覚寺？　国際通りの北端、安里交差点から那覇西原の高速インターに向かう途中、首里城に寄った私たちは、多くの観光客が来ない首里の北、裏門から登った。その最初の入り口、沖縄芸術大学と首里城の境目にひっそりと建物すらない庵の門を見つけ、標識に示された

「円覚寺あと」というのに混乱していた。しかも年代は一四六〇年とある。

学生時代、湘南こそがドライブに行くべき場所と疑わなかった私の世代は、湘南材木座の海岸から逗子にかけて夏ともなれば三時間はかかる渋滞すら楽しんだあの湘南、そして鎌倉、滑川橋の架かるその湘南の川を遡り、渋滞を避けようと迷い込んだ山の中に、たしか見たのも円覚寺だった。単なる名前の一致か？　それとも室町時代、まさにこの琉球の円覚寺が建立されたとされる時期（一四六〇年頃）こそ、この鎌倉臨済宗の総本山であった鎌倉円覚寺は、室町足利将軍の知恵袋、戦略の要であったことをすれば、この琉球にも鎌倉室町幕府との交流があったのかと思われた。

他に見るものもないその単なる跡地をやり過ごし、首里の中庭では、ちょうど琉球舞踏のお披露目があった。その芭蕉布を用いた女性の位階衣でつむぎ手を表しているという「おんな」という舞の動きが、東京千駄ヶ谷の能楽堂で見た仕手、翁の動きに似ていることも気になった。ひょっとして、一四〇〇年代のこの室町時代から、ここ琉球には大和と文化的なつながりがあったのだろうか？

この思いが動かぬものになったのは、首里城奥の院、鎖之間《さすのま》の庭に立った時だった。大徳寺大仙院の庭園に似ている。ごつごつとした岩を雄大な自然に見立て、枯山水になりきらぬものの配置された琉球マツやソテツが和の世界の情景を表している。そして、復元されたという奥書院、高山シェフの言っていた琉球古来の菓子を供する茶屋に入ると、ここは京都だと確信した。水屋、床の間のつくりや縁側の切り妻屋根の庇、神戸出身である私にはよく行く京都の寺院以外何も浮かばなかった。鎌倉じゃない、京都から来てるんだ。ひょっとして近習詰所とか、これって茶室のつくりじゃないか？　きっとこの場所で、首里の奥座敷で京都を見ていたのは私だけではないだろう。

「オーナー、松風ですって。」

そう言って、これもまた京都、大徳寺門前にある懐かしい茶菓子屋「松屋藤兵衛」で有名なお菓子「紫野松風」の名前を叫んだのは、前に座る高山シェフだ。

「松風って、懐かしいよなー、あのゴマの効いた甘辛い風味は癖になる。お茶会の上品な出され方じゃ物足りないんで、みんな二十四個詰めとか箱買いするんだよな。」

「そうでしたね。たしかオーナーからお土産でもらったことがあった。日持ちしないんで、もらった時にはすでに賞味期限が過ぎているやつでしたけど。」

「だよな、あれ、二日しかもたない。ここじゃ一日も無理かもね。」

出されたセット菓子の中、クンペンを取り上げた。

「これイケますよね。なになに、卵とゴマ、ピーナッツか。中華料理屋で出す月餅を思い出すなー。」

「そうか？　俺は濃い味のカステラとか、そうね、さっきの松風を思い出すけどね。」

もう一度口に含んだ二人は同時に同じ言葉を叫んでいた。

「やっぱり真ん中だ！」

「ですよね。中華と和食の中間、そりゃ当たり前か、この島自体が真ん中ですもんね。」

うんうんとうなずきながら、私にも何かわかったような気がしていた。

「結局、琉球って中国でもない大和でもない、かといって強烈な個性があるわけでもなく、いっつも真ん中で、中間で間を取ってうまく生きてきたんだろうね。そういえば、この首里城だって、北殿は中華風、南殿は完全な和風のつくりだもんね。で、本殿、表は中華で、この奥の院は和風。必ず間を取ってくるよねー、沖縄って。」

「そういえば、食材は中華で、調理法はどっちかというと和食。油通しより湯通し。オイスターソースより醬油や出汁ですもん。昆布のダシは大昔からあったといいますもんね。」

「中華の食材を和食の技法で？」

しばらく考えたが、イメージの湧かない私に高山シェフがたたみかけた。

「そう、想像がつかない。だから、言っちゃなんですけど、我々にとっては中途半端な料理、はっきりしない味付けなんです。だって油の多い豚はやっぱり油で調理しないと、煮るだけじゃ味はぼやけてくるんですよ。」

しゃべりながら、高山も何かに気付いたようだ。

「そうか、だから沖縄料理って美味くないんだ!!」

「和食って、やはり滋味のある鱧とか、アユ、マツタケに京野菜でしょ、だから油なんてとんでもないんですよ。軽く煮るか焼く、それで十分。でも中華の食材は強烈ですから。どれも臭みが強い。袋タケ、豚、アヒル、冬瓜だってニガウリと種類は同じ。それを和の調理法でやっていては、旨味が出ることはないですからね。苦味とかえぐみが出てしまう。沖縄の人ってなんでそっちに流れたんだろう。中華は中華として料理すりゃあいいのに。ね、そう思いません？　オーナー」

「そりゃダメよ、そしたらここは中国になっちゃうもん。沖縄、琉球でなくなる。食材はさ、中華に近い強烈なものしかないじゃん、今帰仁でも牧志でも、だから調理法は大和じゃなきゃ。それが琉球魂よ。っていうか、文化の証だったんだろうね。琉球宮廷料理、珍しいけど、どれも違うんじゃないかって思うでしょ。味付けはね。それはね、強烈な食材を和食の文化で味付けしたものなの。両方の文化を知ってるぞという王朝貴族の矜持があれなんでしょうね。庶民はこっそり中華文化のサーターアンダギー、揚げ物で楽しんでる。でも文化人としては、それをやっちゃあおしまいよって感じじゃないの？」

「そっか、文化の矜持ね。うーん。」

悩んでいるシェフに私は言った。

「いいんじゃないの、美味ければ。世界の調理法でぜーんぶやってみれば、インド料理の調理法なんて以外に受けるかもよ。スパイスに負けない力強い食材ばっかだし。」

思案にふけるシェフを横目に、私は正殿「王の玉座」のある首里の中心に向かった。

二階の大庫理《うふぐい》のまだ上方奥にあるという「ちょうのはな」。その拝所を探索したくてうずうずしていたからだ。あの老人に聞いた、護佐丸が権勢の頂点にあった時、そして王国の転機のたびにアマミキヨに祈り、聞得大君、王の妻であり最高位の神官が、幸喜部落出身の多い聖なる巫女ノロを従えて、行く末を占ったとされるその隠された部屋は見ることさえ叶わぬまでも、「うふぐい」からその存在を感じてみたかったのだ。

琉球は中間であることが誇りであり、アイデンティティーになっている。それに気付いた今、正殿の仰々しく派手な中華の装飾作りの裏、奥の院に、京都を思わせる和の神髄が眠っているというこの完璧なコントラストこそが琉球王朝の誇りであるのだと伝わってくる。その両方の出来の完璧さはその裏に、お前たちはこの中華のつくりに感動するのか、王の玉座が北京明朝の紫宸殿にも劣らぬこの装飾に見とれるか、だが琉球のこの南の島の王は、こんなものに感動しているお前たちより、ずっとずっと深い知識と文化を持っておる。それその証拠に裏に入ってみるがいい。王が日頃、執務した奥の院、客人をもてなした鎖之間を見て

首里城内殿　和風

みるがいい。お前たちよりずっとずっと遠くの大和、果ては京都鎌倉までの大和文化をも我ら琉球王国は理解しておるのじゃ。姿は見えないが、今、あの老人が現れたらそう言って諭すに違いない。しっかりと琉球菓子の説明を写メに撮り味わいをメモった高山が、追いついて言った。

「さあ、帰りましょう。さっそくやってみますよ。沖縄の人に、世界は中国と大和だけじゃない、広いっていうのをわからせてやりましょう。」

なにやらメニューが生まれたようだ。

第六章　安里・金丸時代

一四五八年　勝連――

ティーダ（太陽）のようにギラついた眼、その奥に阿麻和利は王座を見ていた。義理の母の、そのまた親たる護佐丸を自害に導いた負い目など微塵もない。勝連の太平洋を望む天守の内から、神の国「ニライカナイ」を見ていた。太陽こそすべての王、そして琉球のこの地にあって、最初に太陽の火、日の出を眺めることできる勝連こそ王の居所にふさわしい。神の島と言われた久高島を見下ろし、本島にあって最も神に近い存在。その城主たる自分阿麻和利が琉球の王でない理由はない。

黒光りする天守、首里から続く西原街道の先、大きくU字にうねった石畳の道を経て、天に近い城主の居所につながっている。日の沈む国、明を仰ぎ見る首里なんぞ、その裏庭でしかない。今日もその裏庭、首里の裏から越来王子なる不遇の領主を先の「志魯・布里の乱」でうまく尚泰久王に仕上げた貿易長官金丸太子が登ってくる。テーレーによそい（当たり前のことだ)。

天守の居所にしては開放的な阿麻和利の座所から、西に沈みゆく夕日が自分よりもやや低く、流れ雲のたゆめく底を茜色に染めていくさまを愛でながら、手元の盃に酔いしれていた。金丸太子の慌てる様子が眼に浮かぶわい。越来王子を王にしたところで、所詮付け焼き刃の王権。昨日の戦勝の余韻収まらぬ勝連の地は、ますますもって神聖なる王権の居所。ここ、日の昇る場所こそ琉球の生まれた場所なのだから、金丸太子が到着したという知らせなぞ聞き流せばよい。若い阿麻和利はただ静かにうなずいては、客より先に始めた盃のつまみに手を伸ばしただけであった。

首里からの道は長い。それもわざわざ忙しい合間を縫ってやってくる慌ただしさから、金丸太子の全身は汗みずく。勝連の石垣を登る頃には従者が替えの衣を差し出す始末だった。位階衣は登壇してからのもの、太い腕で差し出されたものを払いのけると、無言の金丸はますます口を真一文字に閉じて、これから会う阿麻和利の居室を恨めしそうに見上げるばかりだった。

涼やかな太平洋からの海風を受け、勝連城下の泡盛に上機嫌な天守の主は、いつも尚泰久王のそばに控え、琉球の財政はこの金丸なしには回らないとでも言い出しそうなお大尽が、今日は首里から汗みずくで登壇し、天守の控えの間で着替えたとはいえ、額にはまだ吹き出したばかりの玉の汗を光らせながらの謁見に大層ご満悦だ。

「よみに、たかれやっしや。」（ようこそおいでくださいました。）

丁寧な言い回しとは裏腹に、居丈高な声は酔いで滑らか。対する金丸は、貿易の資金援助なしにもはや維持は不可能な農耕呪術勢力の、しかも一地頭にしかすぎぬ阿麻和利など、つい先週までこのようにわざわざ訪ねることになるとは思わなかった。これから始まる琉球ウミンチュ政権の絶対的な確立に向けて、安里太子と示し合わせた第二幕、それがこの訪問から始まる。

「本日はお約束通り、先の乱の戦勝のお祝いに伺いました。」

目配せされた従者が頭を垂れたまま祝いの品を差し出すと、上座の城主はつい身を乗り出し品定めを始めた。ひとしきり眺め回すと、さも興味はないわいとばかり言う。

「交易の品じゃな。羅紗の布より剣はあらんか。闘いの剣は。」

「それはございません。剣は明の国でも、もう遠き戦の形見、先頃は火の粉を用いた筒こそ戦いの具であります。そして、そのような火の粉の大元は、何あろうこの琉球の差し出ものの頭、黄色い石にございます。差し出ものをお祝いにはできませぬ。」

抵抗を見せる金丸に、阿麻和利はここぞとばかり王の力を見せつける必要を感じた。そもそも今日の訪問を首里の王が促したのは、こんな祝いの献上物のためではない。近頃の交易の様子や実入りの使い道こそ、今日の話題であるべきなのだ。

「よしにて、しこうて、差し出ものの身入りはいかばかりのものよのう。」（それはいいだろう、その交易品から上がる収入はどのくらいなのか。）

金丸の額の玉の汗はみるみる存在を主張し始め、従者が思わず手ぬぐいを差し出す。かつて王に寄り添い、この阿麻和利にノロやユタに対する政策をいちいち問いただしていた立場は、すでに逆転していた。薄笑いすら浮かべる阿麻和利に、父ほどの年齢の金丸長官はしばらく沈黙し、数字を思い出したように報告するしか策はない。その上で、こう告げた。

「阿麻和利様、これらの身入りはすべて今日はお持ちできませぬことゆえ、いつにてもお下知くだされしようにお使い申し上げます。」

あの護佐丸襲撃の日より安里太子と取り決めていたこの言葉を吐く時には、なんとか金丸の表情にも落ち着きが戻っていた。

ますますもって上機嫌の阿麻和利は、手ずから盃を差し出し、日の沈みきった黒く横たう海原のその表面にうち延べられた月の長き一筋の明かりを愛でながら、この夜は更けていった。饒舌な阿麻和利の口からは、尚泰久王に対する忠誠と畏怖の言葉が歯がゆいほど打ち出される。それは、我が妻であり王の娘でもある百十踏揚《ももとふみあがり》、翻っては自らの神聖なる権力の自慢であることを百も承知で、金丸長官は黙って夜更けまでその戯言に聞き入っていた。ただいっとき、二人の間に静寂が流れたのは、「阿麻和利様、明の火の筒、今や剣に代わる戦いの主役、いつにても、いくらでも御用立て差し上げましょう。」との金丸の提案があった時だった。二人の眼は思惑を正反対にしながらも、一瞬の間、海原の黒々とした空の遠くからお互いの星を認めたような一点の交差があった。

百十踏揚姫の母、尚泰久王の正室、全国のノロの頂点でもある聞得大君《きこえのおおきみ》は、狂わんばかり斎場御嶽《せーふぁーうたき》の奥、ミヤスどころで叫んだ。

「食わぬ、食わぬ、食わぬ、食わぬと言ったら食わぬわーー！」

高位のノロ、中部幸喜出身者で占める王権首里のノロ集団が、いそいそと差し出し持ってくる備えの食物を聞得大君はすべて拒否している。いや、拒否などという生易しいものではない。忌み嫌うが如くまさに神がかり、片端から投げつけ、取っては放り、かいては打ち砕いている。神がかりという言葉がふさわしい狂人の様相。

この斎場御嶽からは正面に久高島が望める。そこはちょうど本島の真東、春分の日と秋分の日には久高の先の戸から昇る朝日が黄泉の国ニライカナイから発せられる光の尾を引きずり、琉球の地に命と活力を与えるはずであった。が、今日はその六月に一回の分水嶺の日の祈り、狂った大君は何もかもぶち壊しつつ、ただただのたまうばかりであった。

「勝連を取れ、勝連を取れ、久高の神の国は二つといらぬ。勝連を取れ――!」

　大君とて人の子、ましてその実の両親を王の命令を語って自害に追い込み、惨殺した憎き阿麻和利の城など、この琉球にはいらぬ。久高の日の元は神一つのもの。我こそはその神の使い、ノロの最高位。そして何あろう、阿麻和利の敵。神事はすでに崩壊しているとはいえ、聞得大君の神言は絶対である。大君の身の周りには女人しかおらぬ。この斎場御嶽で王の妃は狂乱の神事に臨んでいた。

　向こうに見える久高の島は女人禁制、王をはじめ男子だけしか上陸を許されぬ神の国と正対して、その朝日を受け、女性器そのままの形をし御嶽の三角形の中央、まさに女性の最も重要なそして敏感な性器の中心に座るような形で、妃の大君は、ここぞとばかり叫び続ける。ここでの神事は門外不出、幸喜出身の高貴なユタ、預言者のみがそれに触れ、王の耳に内容を伝える手はずとなっている。もし王以外にこの神事の預言を漏らしたならば、自らはもちろん村の者すらテーゲー（たいがい）ではないことは百も承知。何十年もそのような神聖な行事に慣れたはずの幸喜ノロたちにも今の奇声、預言の激しさは度肝を抜かれる思いであった。王にもその様子はすべからく伝えられた。

　尚泰久王はさもありなん、一族郎等（門中）の結束強い琉球の国にあって、越来王子以来の我が妻が実の親を殺害されて尋常でいられる訳はなかろうと思った。だが、そんな人間的な感情を超え、神の言葉として逆賊阿麻和利の討伐を進言された王に打つ手は限られてくる。神には逆らってはならぬのだ。神の言葉に逆らうことは自らの神権をも否定することになる。ただ、幸いなことに、その実行の日取り、そして方法は現世の最高権力者である首里の王が握っている。王は、この話たまさかの間、腹に仕舞っておこうとしか、考えることができなかった。

しかし、そんな勝手な悠長は長くは続かない。下弦の月の半月、あの勝連の会談からはや月の半ば、細くかすかに浮かぶ新月の暗い夜を、今度は駆け足で勝連から首里に走る鬼大城《うにうふぐしく》の女中の姿があった。琉球の夜は月明かりなしでは危険だ。眼は暗がりに慣れたとはいえ、先にこの道を確かめ、転ばぬよう迷わぬようしっかと川の位置、土手の幅、それらを頭に刻み込んだ女中の目指すは首里の地、そして我が姫君、百十踏揚の実家、王の居所である。

その前夜、女中は約束を守って、しめやかに火の筒をしこたま、牛車二十台に及ぼうかというほどの量をなして、金丸長官から献上された武器、火薬の隊列を目の当たりにした。隠す様子も夜陰に紛れるてらいもなく、しずしずと献上された火器道具は、明の下知品の体裁のまま木の箱に入れて届けられていた。

百十踏揚姫は、この様子にいよいよ我が若き夫、阿麻和利の天下取りの気概を見て取った。女中はその知らせを首里の母君、大君の元へと知らせるべく、事前に準備した道順を暗闇と戦いながら進んでいるのだ。あと四夜の後、完全な新月の日の夜、阿麻和利は太陽の昇る前に決着を挑むのだろう。月明かり無き琉球の夜は漆黒である。

これだけの火器をもってすれば、岡城であり平城である平坦な首里は厳しい戦いになることは明らか。それはあたかも強国「明」の軍勢が一個師団を率いて首里に攻め上るがごと。負けぬにはせよ、双方に相当な犠牲は明らかだった。

時間の限られた中、百十踏揚姫自身も、その二日夜の明ける頃、女中が辿ったであろう道を少数の小姓たちだけを連れて街道を逃れた。それは母君、聞得大君の指図でもある。

一方の王はといえば、最後のこの時期においてもまだ腰を上げようとはしなかった。なぜなら、この成り行きが神聖な神の預言というより、もはや身内の血を血で洗う争いに変化してしまっているのを十分にわかっていたからである。琉球の平和な世を治めてきた農耕呪術権力の根幹、預言者の乱であり、もはやこの争いを仕掛けることは自らの神権、神聖な統治権力のおおもとを汚すことになる。

まして、打とうとしているのは本来であれば我が可愛い娘の婿、将来の正統な王の後継たりうる阿麻和利である。なぜにこうなったのか。返す返すも疑念、そして悔恨、神の神事への神聖な気持ち、さざ波に覆われ尽くした信仰の心に、王はもはやマブヤー（魂）さえ失いそうだった。

我が阿麻和利を打てという命令は、そのまま我が神聖な神の預言を裏切るのではないか。深く考え及んだ時、いつもそばにいる聞得大君のいつになく神がかりな勝連を打てという叫び、囁き、呻き、そして恨みの言葉に、王はというと抵抗する力をなくしていった。戦いになる以前に、王の心はこの神聖な神事の形を借りた血縁の殺戮命令に、どう争ってどう収めればよいものか。もはや道はなかった。

最後のチャンスという新月の日の夜、娘の百十踏揚が女中とともに逃げてきた様子を聞くにつけ、またその命からがらの話の端々で、勇ましくうなずく我が妃のオーラに負けて、夫であり父である王はついに阿麻和利討伐の下知を下した。下知を受けると、もはや王権の後ろ盾以上の存在になった金丸長官はなぜか上機嫌である。

「王よ、聞得大君よ、ご安心なされませい。神はこの首里におわします。必ずや越来の因縁は報われましょうぞ。」

この時、阿麻和利討伐に指名されたのが妃のご指名、従臣「鬼大城《うにうふぐしく》」。越来王子以来の王の側近であり、当時の名を越来賢雄《ごえくけんゆう》という。彼の娘も、ももと姫の幼馴染である。鬼大城はまた、金丸、安里太子の馴染みでもあった。なぜなら、越来王子以来の王との連絡にはよくこの若者が使者として使わされていたからだ。あの「志魯・布里の乱」で、王に迎える越来王子を急ぎ明星の明けの中、迎えに行ったのもこの若者だ。鬼大城は、直ちにかつて打たれた護佐丸の残党を招集、主君亡き後、仇討ちを狙った家臣たちは読谷以北の谷や村で流れ住み着き、現在の恩納村南恩納に移住した「さむれー」も多かった。

彼らは、鬼大城の呼びかけに一人また一人と、声がけするでもなく、また騒ぐでもなく、西海岸の街道をひた走り、王への忠誠を示して自害した主君護佐丸の汚名を晴らさんとばかり、首里にそして勝連に向かった。彼らに火の仕掛け、飛びの道具を用立てたのも、誰あろう金丸、安里太子のコンビである。首里の街道筋、西原の内間、そして中城の谷、以前から入念に格納されていた火の道具が、この時ふんだんに彼ら忠誠の武士たちに手渡された。これらの武器はもちろん明からのハイカラなものだが、なぜか彼ら護佐丸の残党はすでにこの使い方に慣れている。これもまた安里太子の計略の一部と言っていいだろう。

予期していたこととはいえ、あまりに早い護佐丸残党の集結に驚いた阿麻和利は、兵の訓練ももどかしく、これも金丸長官からの献上品である火の道具の手配を済ませ、本島東の海岸線をすべて望むが如く天高くそびえ立つ勝連の城郭から、筒や飛びの口を定め、火の玉の投攻機を整備し、準備は万端、今や剣の兵などいささかも相手ではないわいと高をくくっていた。

しかしである。見れば相手も似たような火器を手にし、統制は取れていないとはいえ、ゾロゾロと忍び寄るその小さな黒い点の数は、不気味にも一隊一隊と増え続け、最後には勝連城下の平野をまるでアリの群れが覆うかの如く、ジリジリと攻め入ってくる。が、彼らの手にする火器の多くが手に持つような小さなものばかりであるのを見て取った阿麻和利は、自兵に対し「恐るるに足らず。剣の兵、ひ弱な力の火の仕掛けなど、この火の玉で蹴散らしてくれようぞ!!」とばかり、若い声を張り上げていた。

一方の鬼大城も負けてはいない。年の頃も同じ、一度は越来で好意を寄せたもともと姫の前夫、恋敵の阿麻和利など、この際、一気に八つ裂きにしてみせる勢いで迫って行くその様子は鬼気と化し、いつになく神がかりな大君の後ろ盾を得て、若者の狂気というべきエネルギーを発散させていた。

「ドウリャーー、ツヅケーー!」

隊列など無視する走りは、むしろ後ろに続く兵たちの士気を高めた。阿麻和利は余裕、所詮、城の戦い方を知らぬアリどもが駆け寄ってくるに如かず、こちらの兵器は何倍もの威力があろうとの読みである。が、しかしこの戦い、すでに勝敗は付いていた。それに最初に気付いたのは、誰あろう阿麻和利その人であった。

「おのれー、金丸めーーー、謀りよったなーー!」

その言葉を発するのが精一杯で、阿麻和利の勝連にこもる兵は総崩れ。

「阿麻和利様、筒が、火が!!」

そう、金丸は阿麻和利に動かぬ兵器を献上していた。それも最後まで気付かれぬよう、箱の上部の兵器は通常、いやむしろ火器も強く、たくましい勢いで敵を撃ち抜くかに見えた、が、箱の下半分にはいずれも見かけだけは同じであるが、勢いも性能もありはしない。そんな道具に頼った阿麻和利や哀れ、戦の主導権は外から攻め上る鬼大城にあった。

仇討ちの命に燃えた若者は、そんな兵器の差など気が付こうことか、ただただ攻めばかり。気が付けば、勝連の天守の庭に躍り出ていた。向かうところ敵なし。勢いに乗った若武者よろしく「阿麻和利はどこじゃ〜〜」と何度も叫びつつ、従者が放った火の中を一人駆け回る。向こうに見えた茶褐色の甲冑こそ、敬愛した護佐丸を打った当時の憎き衣と悟り、襲いかかった時には、やはり若いとはいえ、いや若さゆえ負けを悟った阿麻和利は抵抗むなしく大昔の武器、劔によって切り裂かれていた。若い血しぶきを浴びた恨みの魂は、その時、御代にいるであろう護佐丸一族の元にあった。駆け巡る魂、そして記憶は、ももと姫との幼馴染の幸せだった情景をも蘇らせる。

我が方、鬼大城の勝利の報に沸き立つ大君とももと姫をよそに、尚泰久王は今や信じられなくなった神権の源、アマミキヨの神に預言を預かるという我が妻のそのあまりに血に染まった笑顔に凍り付いていた。

そばに控えた金丸はといえば、喜び近寄ってくる姫や大君の側近たちに満面の笑顔で応えはするものの、内心はこれからの王権の行く末に心を馳せていた。それはこの結果を知っていたからではない。この戦の勝利を経て尚泰久王がどのように変わるか、現世の経世済民に心を寄せ、このような破廉恥な神権などもはやなんの意味もないと悟ってくれることだけが望みであった。

王の気持ち、王権の行く末は、この戦からほど近い秋の夜に執り行われた祝言の場で明らかになる。一四五八年、前夫阿麻和利が亡くなってから間もない年の秋、ももと姫は二度目の祝言を上げることになるのである。

一四五五年　京都――

京都南禅寺、のちの世で「絶景かな絶景かな」と盗賊五右衛門がのたまったとの伝説すら生んだ南禅寺山門がある。「楼門五三桐《さんもんごさんのきり》」、この舞台であると言われるサクラを見渡す山門は、現在でも南禅寺正面に鎮座している。

足腰の弱った者にはなかなか急な山門の階段、黒光りする漆黒の戸上がりは、臨済宗南禅寺出身の僧「芥隠承琥《かいいんしょうこ》」が修行した当時の南禅寺にはなかった。存在したのは、山門を過ぎ、たゆやかな山寺の広く見渡せる傾斜道をまだ新しい草木に囲まれながら登りきった場所にある臨済宗禅僧の修行場だけ。臨済宗は特にこの十五世紀、明からの交易によってもたらされた文明と心の知識の宝庫であり、文字をはじめ通貨交易に実際に触れることのできた数少ない特権階級が僧侶であった。漢文を通じてその先端文明を学んだ芥隠承琥は、この前年一四四九年に征夷大将軍、室町幕府の将軍となった足利義政の世になって、武士の権力に嫌気がさし、財政難やら群雄割拠やらの現実からの逃避に明け暮れた銀閣寺将軍に成り代わり、実際の政《まつりごと》を統治機能を司った日野富子、そして「怪僧山名宗全」の時代、山名宗全の墓が今も南禅寺福地町の真乗院にあるがごとく、臨済宗の修行の一つとして、当時の実質権力者山名の命を受け、全国に散らばった経済僧、統治知識人の一人であった。そして、この芥隠承琥が送り込まれた地、それが琉球である。僧芥隠が琉球の地にたどり着いたのが一四五〇年。

第一尚氏の尚金福が王を継ぎ、その三年後、一四五三年には「志魯・布里の乱」で金丸、安里コンビにより、漁夫の利というべき王統を不遇の越来王子が獲得、尚泰久王が誕生する。

対明貿易はこの頃から国の要としてますます機能する頃合いであり、琉球の玄関口、泊湊を支配する安里太子は、後の尚円王金丸同様、僧芥隠が現在の那覇泊湊に上陸したその最初の日から世話を焼いた琉球の立役者である。なにせ、湊には交易船、薩摩の船、明の船、揚句は室町幕府の勘合船を横目に、私設貿易団大坂堺湊の船も多く、僧芥隠が最初に見た青い海、島々の間に群居する東シナ海随一の貿易港の喧騒は、すべて泊地頭の安里太子の庇護なくしてはなしえなかったのだから。

言い換えれば、京都南禅寺で都の文化、経済のあり方を学んだ僧芥隠なるエリートが、山名宗全の庇護の下、全国支配の一環として、そしてまた、勘合船貿易が銀閣寺文化にうつつを抜かす文化人将軍足利義政の経済を顧みない中央幕府のおかげで下火になるにしたがって、勢力を増してきた民間貿易の大坂堺の商人たちの思惑を後ろ盾に、なんとか自由な並行貿易を担おうとする血気盛んな堺商人たちの希望と思惑を背負い、琉球の地で交易の機会を諮ろうとする先遣隊でもあった。

大坂堺はというと、幕府の全国統一という歴史的快挙のもと、北回り、東海周りの回船を操り、全国の産物、物品の輸送、貿易で多くの富を蓄えつつあった。彼らにとって京都はもはや主権の象徴であり、公家ら大御神を中心にした呪術勢力に農耕勢力の覇者、領地による石高の上前を撥ねるだけの武家政権の庇護の下、多くの地方守護を輩出し、守護は交易、京都の物品のやり取りに、堺の商人はなくてはならない存在になっていた。

廻船問屋なる武家を上回る商家のさきがけが国内貿易で力をつけつつあり、そんな商人が国内の泥臭いコメやイモ、若芽や海産物の守護交易にのみ未来を見ることは決してない。幕府のお墨付き勘合船の正式な船の勢いがなくなるや、私設の交易集団が明の国、巨額な利益をあてに大海原に出ていこうとするのは自明なこと。となれば、外国交易の中継としての琉球国はその役割に制限がない。

無限の利益を夢に見て、僧芥隠は、山名宗全、堺商人らの期待を背に、この琉球国、中継点の微妙に大和であり大和でないその国に派遣された特使、密使と言ってよかろう。その後の西洋植民地政策がそうであるように、文明の先んじるしかも規模の大きな国が近隣の小国に期待するのは、自らに近しい、言い換えれば自由の利く、その小国の統治政権を作ることにある。大和の明治維新が、大国の思惑から尊王、攘夷、勤皇派に分かれたように、当時の琉球の地に親大和勢力、いやもっと言えば、親堺商人勢力を確立することこそ、この経済僧の最大の目的と言ってよかった。

堺湊の商人と泊湊の地頭である安里太子は利益を共有できる間であるし、小さな伊是名島を着の身着のまま盗水の濡れ衣を着せられて追い出された、いわば成り上がり者の金丸にしたところが、僧芥隠の語る政治、権力の握り方は、魅力的ではあってもやってみて失うところ何もない。雲海のそのまた向こうの大海原に友と手を取り希望の船を出帆させるが如き、心躍る計略であった。

そこに降って湧いたような「志魯・布里の乱」、先の計略は実は乱の三年前に琉球入りしていたこの僧、京都南禅寺で都の権力闘争に精通した経済僧の入れ知恵がなかったと、誰が言えようか。争えば、権力は上手の手から水が漏れるがごと流れてしまう。それは大和の将軍家がいくつもの戦いを経て、それでもなお権力を手に収めてきた方法、敵同士争わせ最後は自らの手で戦いを終わらせる、その手法とともに、血縁で結ばれた政略結婚、一族の隆盛のため、お互いの血を酌み交わす、その手法こそ、安里・金丸両人がこの芥隠承琥から学んだことであった。

それは最初の志魯・布里の乱（一四五三年）だけでなく、後の護佐丸・阿麻和利の乱（一四五八年）も同じこと。尚泰久王も、芥隠承琥に最初は政策のこと、統治のこと、安里太子や金丸を交えての四人の談義は、琉球の月夜、闇夜にかかわらず、星の明けの明星が東に見え、そして、うっすらとアマミキヨの神、太陽が昇るまで続くことがあった。しかし、せっかくその僧の助言通り脆弱な政権基盤を守るためになした政略結婚の数々も、自らの舅と娘婿の争いという最悪の事態に至ったのは、王の不徳、計略の浅はかさであった。いや、もしかすると最初から安里・金丸はこの成り行きを見ていたのかもしれない。

そんな王、僧侶、安里、金丸ら四人の希望に満ちた会談は遠い昔。今の王にはどうでもよかった。現実にあるのは、気も狂わんばかりに正室の妃と娘婿の一族が争い合い、自らの妻、娘は守れたものの、その一族が権力の中枢から、そしてこの世から消えていった事実だけである。王はもう聞得大君などとたいそうな名で呼ばれる神権の象徴、我が妻の神がかりなど、これっぽっちも信用してはいなかった。そこには何の神もいはしない。王がこの頃、一四五八年の護佐丸・阿麻和利の乱以降、全くこれまでの久高島拝所登壇までをも拒否するとは誰も思わなかった。

王は孤独、琉球の神を見てはいない。今、王のよるべとなるものは、京都南禅寺の厳かで静謐な空気の中、「禅に勤しみ」「自らの気を自然においてこそ発露することもある」「諸行は無常、無こそすべて」、そして「人のなせる業のその向こうを見てこそ救われる」という禅宗、仏の教えであり、そこに生きる救いを求めていた。

そう、王は仏門に狂っていた。側室も娘も、まして死んだ両親も信じられはせぬ。芥隠承琥の言う「無こそすべて」、それこそが今の王に最も必要な仏教思想であった。王は僧芥隠の言いなりと言ってよい。寄進はする、鐘楼は作る、あろうことかノロ、ユタを排して仏教を広めようとすらする始末。自らの王権の象徴はその根拠を完全に失っていた。ひょっとすると、この王の心境は、同じ時代京都で政治とは距離を置き、しめやかな銀閣文化にのめりこんだ将軍義政が最もよく理解したかもしれない。配下の者は自らの利益、権力のためだけに王、将軍にものを言う。信じられるのは心の無を解く仏教思想であり、その思想を形にした仏像、仏閣の寄進だ。いや、尚泰久王の方が、その心の闇はずっと深いはず。何せ、信じられるはずの一族、姻族を戦い合わせたうえ、お互いにそしてことごとく刃の露と葬ったのだから。

月夜の夜に遠くから聞こえるヤモリのきゅっきゅという声すら、阿麻和利の無念の念仏にさえ、また、さざめく風、大海原の白波の腹を突く轟音は、時として無念に自害した護佐丸らの怨念の響きに変わっていくのである。何度も何度も蒸し暑い琉球の夜、首里の暗い寝所で叫んでいた。

「火を持て、火を。そこに潜んでおるのか、ええい、首霊め、消え失せろ！」

またの時は、

「許したまえ、勘弁してくれ、王は何も聞いておらぬゆえ、護佐よ、恨むなら勝連を。」

そう言い放ったかと思えば、

「いや、いや、それは鬼大城《うにうふぐしく》じゃ、鬼王が打てという、そうじゃそうじゃ、ひえー、安寧にたもれ、許してくれ、わしが悪かった。」

そう言ってぶるぶると震える王を慰め守る役人は、もう慣れきっていた。

だからこそ、その王の不在に権勢をふるっていたのは金丸であり、「出世など望まぬわい」と言いつつも、交易の拠点泊を離れようとしない安里太子がこの時首里を治めていた。王の乱心は誰の目にも明らかであった。そんな王の状況を見てか、安里、金丸の二人は血気盛んな鬼大城が阿麻和利亡き後の勝連に登城し、もしかすると王権をこの若き姫の幼馴染が狙うやもしれぬという不安から、計略を諮り、挙げ句に王のもと姫をその鬼大城に嫁がせることになった。

考えてみれば、ももと姫は先の阿麻和利の時代、そしてこの鬼大城の時代と、同じ勝連で二人の地頭に嫁ぐことになったのだ。しかも、今の夫は前の夫の首を打ち取った、その張本人である。その城で、打ち取られた阿麻和利は、黄泉の国から黙っているわけにもいるまいて。霊的信仰の高い村人たちは、その祝言で何も起こらないわけがないと噂し合っていた。

祝言の夜は満月だった。もちろん勝連で阿麻和利が鎮座していた天守の身座に、今はその彼を葬った越来の若者が我がもの顔で座っている。王はいない。マブヤーを落とした王は、もうその祝言に出る気力も金精もなかった。王がやったのは、せいぜい恨みを鎮めるためと臨済僧が提言した寺の普請くらいであろうか。首里にあって王は、やはり普請した鐘楼を片端から持ってこさせ、座所に並べては一つまた一つと従者につくよう命じていた。トーン、トーンと鐘が鳴るごと、王は「許せ」「許せ」と小声でつぶやく、鐘の一つ一つに自らの姻族、親族の首が一つまた一つと浮かんでは消え入るのを一人かたかたと震えながら見守っていた。

祝言の地、勝連ではその頃、琉人たちによるグスージ（祝い）の舞が行われている。濃い赤や黄色の花柄に染められた重そうな着物をゆっくりと回しながら、姿勢のいい厳かな舞が座を盛り上げる。その時である。ボトンと鈍い音がしたかと思うと、天守の外、月明かりに照らされた白い部落を見下ろすその廊下に黒い物体が降り注いだ。

何かが起こるのではないか、びくびくしていた参列者たちは、一様に立ち上がりイナグ（女）たちはキャーキャーと悲鳴を上げる始末。勇敢なお付きの武者衆がその縁側を開け放ち、刃の切っ先を光らせたその先に落ちていた黒い物体、生首のような鈍い音の正体はというと、ガラサー（カラス）のつがい、それも今、死んだような見るからに生温かい精気を放つ死骸に武者の衆は剣を納めようとしつつも、両の手の震えがなかなか治まらない様子。

振り返ると、杯を持った新しい当主の鬼大城がやはり蒼白な面持ちで、固まった座からあらぬ方を見ている。そこには何の形跡もない月夜の空間だけが広がっているが、当主には何か見えるようである。盃をその方向に投げ出すや、従者の剣を奪い取り斬りかからんとする方向に、この日のもう一人の主役「ももと姫」の髪が緩やかに流れていった。誰もがハッと思うまでもなく、姫の右側、顔面のこめかみの上に赤い血筋が走る。姫付きの従者が三人がかりで取り押さえなくば、当主は自らの手剣で、この姫を斬り捨てていたやもしれぬ。

それ以来、当主の正気が戻ることはなかった。京であれば怨霊の仕業、祟りと言われるところだが、琉球では魂、マブヤーを落としたという。落とした魂はまた拾えばよい。黄泉の国の司祭ノロは、国を挙げて王とその本来の後継者、娘婿の新勝連城主のマブヤー戻しの儀式をここから連日、半年余りも行う。そして、急に始まったその儀式の終焉もまた突然やってくることになるのである。

一四六〇年　首里――

芥隠承琥《かいいんしょうこ》は、京の街鴨川のほとりを思い出していた。

島々が点々とする天然の要塞、船泊り、その中心にある島の一つに安里太子と建立を始めた京風のいおり、臨済宗仏教の布教の拠点とするこの寺院庵から、のっぺりとした穏やかな海原の上に浮かぶ白い鳥を眺めながら、京の川面にたゆやかに浮かぶあのカモたちの様相を思い浮かべていた。

揺られるのは鴨川の川下りか、海原のおおらかなうねりかの違いである。望郷の念ではない。遠く離れたこのシナに近い島国は、よほど芥隠和尚に合うと見える。もう五年も昔になるあの京都の修行場南禅寺の僧門を行き来する小賢しい僧侶や、隙あらばと将軍、そして執政の山名和尚に取り入ろうとする公家、どれもこれも悠久の無の禅の前には虚しく、また憐れに思えていたからだ。今、この計り知れぬ大海原に浮かぶ小島の国で、果ては仏教の始祖の国から、西の果て、奇怪な動物の物語、近くは自ら学んできた禅宗の教義盛んな明の国、その敵対する元や蒙古の民族までも、この泊のいおりにいながらにして感じるここ琉球こそ、この若い僧の性分にはよほど合っていた。

もちろん京の都というここから見れば、閉ざされた空間で発酵した文化、文明、公家、武家という相容れぬ勢力すら取り込んだ細やかな統治機構、そうしたものの多くはこのパイカジ（南風）の国にはない。なぜか、それは安定した権力の主軸、天皇を中心にした侵すべからざる権力の御所がないからである。首里ですら、常に中城、勝連の中間に立ち中枢たる位置を確立してはいない。安定を求め婚姻関係で形作った一族の絆でさえ、もろくも先の護佐丸・亜麻和利の乱で崩れ去っていた。

今や自分の最大の庇護者である尚泰久王ですら、この庵の提供者安里太子と金丸貿易長官らの交易権力には何も口を挟めない。王はすでに統治には何の関心もなく、時々この臨済宗の僧を呼び出しては、仏教教義に聞き入ることのみが生きがいとなっていた。

静かな夕なの禅修行を行っている芥隠和尚に邪魔が入ったのは、日の残照がまさに海の果て西の空の雲間に隠れようとする瞬間だった。真っ赤な日の光を瞑想の体全体で感じていた僧芥隠にとって、背を向けた庵の正面から使いの従者が訪ねてくる気配は、もうすでに一時前より感じられていた。禅の無、そこに今日は早く至らねばならぬ。そう念じて、長年の修行で得た深い瞑想に入るべく、何度も浮き沈みを繰り返したかと思うと、時の流れや不思議、いつの間にやら予期していた従者が縁の下、庭先に侍っているのに気が付いた。また王のお呼びか。

二日と空けぬ教義具申に慣れた中、いつもなら日の高いうちにやってくる使いの者が、すでに向こうに隠れた日ノ本からの直線的に伸びきった夕闇の彷徨のもと、かしこまって片膝つく様子は珍しくも興味をそそられた。しばし沈黙が続く。

「今宵は金丸長官のお部屋にお願いしたいと。急ぎお連れするようにとのお言いつけです。」

「そうか、ならば、用向きを聞こう。交易の話か？　明のどなたかの物語か？　それともあの金丸様もやっと我が仏教にご興味を抱かれたか？」

黙って道先を促そうとする従者に芥隠和尚はイラついた。

「用向きを聞かんことにはお持ちする巻物にも用意ということがあるで。」

「王のお話で、ささ、急いで参られよして。」

ただならぬ王の用向きとあっては、着替える暇もない。取るものもとりあえず向かった先では、首里の向かって右奥の金丸の執務室、そこには馴染みの安里太子ばかりか、見慣れぬ顔の地頭たちがすでに蒸し暑い体臭のする中、首里には似つかわしくない下世話な臭いで一塊になり、皆何やら頭を突き合わせていた。

芥隠和尚を見咎めると、その泥臭い集団の先、部屋の上席に陣取った金丸が四角い顔を傾げてこちらへと促す。怪訝な僧侶の表情を正面から見つめながら、その大きな目を押し付けるがごと、ささやきが高座より降りてきた。

「和尚、王がみまかった。」（おしょう、王が死んだ。）

金丸にとっても不意打ちであったことは、頬の肉が引きつっているのでわかる。

「大君にはまだ、その前に皆にはかっておるところじゃ。」

僧侶は理解した。権勢を実質司る金丸にとって今の仏教狂いの王は担ぎよい神輿。神輿が壊れればうまくやらねばまた戦国の世に逆戻り、どうしたものか各地の近しい地頭《じとう》、按司《あじ》に集合をかけたところだろう。ざわめく地方権力の担い手たちを前に、金丸は次の王をどのように決めたものか、苦悩の様子は遠くからでもわかるほどだ。

「王には世継ぎがおられるではござらぬか？」

門外漢、つい五年ほど前までは京都の室町幕府、公家の権力闘争を間近に見てきたこの臨済宗の僧侶には、天皇同様と思われた王権の継承に、なぜ皆が慌てて相談せねばならぬのか理解できていなかった。

「おる、長子に安次《あし》富金橋《とみかなはし》が、しかしじゃ、その王子の母君は聞得大君、正室の姫ではあるが、すでに姫の一族は逆賊のそしりを受けて滅んでおる。」

「護佐丸殿のことか？」

うなずく長官に芥隠和尚は問う。

「では、その次は？」

「同じじゃ、美津波多武喜《みつわたむく》も、その祖父は護佐丸の血じゃ。」

「では、娘の婿はどうじゃ、血の縁がござれば、おの子でも姫でもよかろうて、ただ、神聖の儀式は姫に、その婿を王にというのが順序と思われるが。」

「いいや、それも無理じゃ。先の乱で、ももと姫の最初の婿は反逆罪で、次の婿殿は阿麻和利を斬って捨てた当の婿、勝連の鬼大城は、そうじゃなあ…」

「何か？」

「そうじゃなあ、みまかれた王と同じ、マブヤーがのう。」

最近の王は、自ら王権のため斬って捨てた亡霊に脅え、まともな会話すらできずにいたことは、この新参者僧侶とて十分に承知。それと同じ症状なら、新しい王としては到底即位の儀式には向かない。まして明の封戴《ほうたい》使節《しせつ》（明国との朝貢を認める儀式のために琉球にやってくる使節団）との接見を考えれば排除せざるを得まい。しばらく考えたこの知恵者僧侶。

「では、妾の子はおらぬか？　血がつながれば、明とて朝貢貿易の相手として認めぬわけにはいかぬであろうて。」

「芥隠殿、それはまことか？　側室でも血があれば朝貢の印綬はいただけるのか？」

うなずく僧に長官は長い溜息を洩らした。救われた。

「おる、おる、尚徳がおる。これが母君は宮里阿護母志良礼《みやさとのあごもしられ》じゃ。しかし、王の家督正統と言えぬ身柄じゃ、側室の血でも明からの冊封はまこと、得られるのか？」

　貿易を仕切る金丸にとって、明との朝貢貿易が続けられることは何にもまして重要なこと。それが、妾や血族以外でも王統継承可能であるとの話は、貿易長官にとって吉報以外の何ものでもない。

「まこと、そのように性急に捉えんでもよろしい。明は確かに王権の正統なる後継にしか朝貢の印綬は与えぬが、それがそう厳しゅうも堅くもないわいて。シャムの国にても、王統の桃園であらば、たとえ正統の正室血筋でのうとも冊封を与えた先の典礼もある。もっと申せば、王統継承の宣言さえあらば、今や交易の相手国欲しさの明ゆえに、さしたるさわりもござらぬよし。ここはそれで進めなされ。」

　安堵の表情は金丸、一瞬のことにて、すぐさま妾の子尚徳の王座王権踏襲の手はずに頭が回り始めたようだ。芥隠和尚は、この時、この目の前の貿易長官が自ら王権につき血のつながりなど何もない尚円王と名乗る新しい第二尚氏王国の始まりの物語をつむぎ始める、その一等先の根幹の知恵をこの将来の新王朝の王に与えたのを悟るよしはなかった。

金丸・安里政権にとって、王は誰でもよかった。もはや怨霊に憑かれ仏教に帰依するばかりの王であっても、生きていて君臨してくれるだけでいい。国作りの手はずはむしろその方がやりやすい。王にはいつでも「良しなに」と言ってくれる人物がついていてくれることだけが望みであって、王の価値はと言えば、明との朝貢貿易の印綬をもらえるだけの資格があれば、要は誰でもよかったのだ。

交易でまだ一世の王にしか仕えたことのなかった金丸らはこの時、もしや正統の王統が続かねば明がその貿易を拒絶するのではないかと思い、実は不安で一杯だった。それを京からやってきた知識人、明の学問を修めた禅僧から、そのような王統は形さえつければたとえ正室でなくとも可能であるとの教えを受けた、そしてこのトリックを最大限に生かすことで、将来の血統も一族も何も関係のない金丸が、その後四百年も続くことになる第二尚氏王統の始祖となりえる理論的支柱をこの時初めて知ったのである。

金丸はすぐ手の届く位置にいた長年のパートナー、湊を取り仕切る安里太子に耳打ちをし、妾の子であっても王統の継続は明も認めるだろうことなどを確認し合った。安里太子は、それでよしというように、頭は前の地頭連中の集まりを見つめたまま うなずく。近くの者にしかわからぬほどの傾げで、すべてを了承した。周りの不安げな汗臭い集団は金丸、安里に結論が出たと見るや、次に発せられるであろう長官の下知、指図に息を呑んだ。

「皆、王のまかりして、長子、次子は謀反の血、護佐丸、死して、ももと姫の勝連はマブヤー落とし、しかしてこの金丸、先王のたみにしいて、すべてをはからん、とーちゅうあらんが、尚徳は王の血、こんみ、こんじゅう、王のためならんや、尚徳、このせんてーを禊の式にはからんや、しいては、大君、重ねて背徳の血、この地頭かしらのもんちゃーでしてあに、きよみに上がらんやいかに。」（みんな聞いてくれ、王はお隠れになり、長男次男はかつての謀反人の孫、護佐丸の血を持っておる。三女ももと姫の婿は気が狂い、王にはふさわしくない。しかし、この金丸も先王のおかげでここまで来た。その御恩を持ってすべてを考えた時、尚徳《しょうとく》三男には妾の子とはいえ王の血が入っている。この場で、王のために尚徳は半分の血しか入ってはいないが、どうであろう、今日この場で皆の意見で禊の儀式にはかり、王として神に進言するというのは。聞得大君に本来は精霊祭を催し、選んでもらわねばならぬが、その大君も逆賊の娘、よって、ここ家族のように国を治めている地頭、按司の皆さんにはかりたいが、尚徳を王に推挙し、禊、首里の儀礼に則って王位に手向けるというのはいかがであろうか？）

もじもじとしている按司地頭の土臭い連中には、もはや他の案などあろうはずがない。交易でこの国の財政を支えてくれている、日々その配分にも預かっている金丸、安里様の考えである。異存があろうはずはない。黙ってうなずく全員は、安里太子がこれでと言わんばかりに席を立ったのにおされ、静かにそれぞれの国場、入間《いるま》（部落のこと）に散っていった。その頃には、神の象徴太陽は、金丸らがこの王を決める時最も気にした中華の大陸、明帝国の上にすでにさんさんと降り注ぎ、琉球のこの島には星降る月夜しか残っていなかった。

それはあたかも、明という文明に照らされた月の明かりをもとに大洋の島国が行く先の王を決めたかのように、夜であっても太陽の光なくして、この島は成り立たない。そのことを熟知した二人の賢者が下した決断を是とするように、太陽の日を浴びた白い月明かりのもと下された決断であった。

一四六一年、二十歳を迎えたばかりの紅顔の青年尚徳は、王座の前に立ち、戴冠の儀式に臨もうとしていた。高い鼻、整った目すじ、南のこの国にあってまだ若い青年は色も珍しく白く、こめかみから頬にかけてのびやかに続く顎の線は美青年である。背も高い。王のしるしたる杖にかける手からは、すらりとした白い指が杖の頭にからまる。そのたおやかにすらりとした手は、これまで何不自由なく育ってきた生い立ちを物語っている。

母、宮里阿護母志良礼は、今や王になろうとする子に劣らず眉目秀麗。だからこその安里の入間農家の娘が王の寵愛を受け、子を設けるに至った。側室、日陰の身、それを覚悟の人生を大きく変えたのは、先の乱と先王尚泰久の急死、そして芥隠和尚の差し金で金丸らの下した結論である。

母、母志良礼には戸惑いもあった。かつてはその姿さえ正面から見ることなど許されなかった王の親族が、特に残されたもと姫ら王の直系の子孫らが下から自分たちを見上げているなど、いったい誰が想像できたであろうか？　確かに彼らの祖先、父や祖父にあたる人物には乱を企てた者もいたやもしれない。しかしそれとて、忠誠を尽くして自死したではないか。そもそも反乱の兆候など本当にあったのだろうか？　今の自分がそんなことを言っても詮無いこと。もはやこの国の行く末は自らのこれからにかかわってくるのだから。

母はわかっていた。先の尚泰久王と同じ、これからの我が息子尚徳王も金丸、安里地頭らの操り者、象徴であろうことは。誰もがこの若い二十代の青年に国の将来を任そうなどとは少しも思ってはいまい。この場、この戴冠の儀ですら、もはや単なる通過点、自分たち親子はおとなしく、これまで同様つつがなく、趣味の踊りや息子の好きな舟遊び、ひいては三線の歌仲間との戯れこそいるべき日常。決して国の行く末に口を出してはならぬ。いや、そんなことは所詮できる技量も志もないわい。遊びの場所がこれまでの下界、入間浦添であったものが、これからはこの首里で、先王との寝床でしか登壇したことのなかったこの王の居所に変わるだけ。そこで誰はばかることなく、遊戯に興じればよい。そのスケールに酔い、これまで百姓だった親族や、入間の取り巻きを楽しませればよい。うまくすれば一族の中に中山一つ、貿易の権益の一つも分け与えることもできよう。しかし、出過ぎた振る舞いや行き過ぎた政治への干渉は禁物だ。今やこの国の誰も咎めようもなく踊り、酒食そして演技に酔いしれる立場を手に入れた、このきらめくほど美しい親子は、そんな悔恨と戒めを胸に、先王の頭に乗っていたサンゴの大きい赤玉を緞子のように正面に並べた、琉球王の象徴、王冠の頂を静かに受け入れる準備をしている。

この環境の変化に最も驚き、驚愕の心を収めねば、ついつい羽目を外していつもの琉歌ですら口を継いで出てきそうな浮かれた心持ちを必死に隠さねばならぬのは、誰あろう新王本人であった。これまで、その傲慢でわがまま、傍若無人な性格は何不自由なく許され、かくまわれ、そして咎めを受けることなく生きてきた。

そして、なぜに同じ王を父とする長子の方がいつも自分より上座、褒章の対象になり、なにかと影、次の席、そして後塵を当たり前と受け入れ、なぜ、なぜ、なぜと不満で固まった人生がどうやら立場が逆転したというのは当然である。見かけのこの差について、もう誰にも文句は言わせまいと心に堅く決めつつある新王は、新しい玉座に座り、静やかな音楽のもと、正面家来や先王の従者たちが顔を上げるのもはばかる様子でひれ伏しているのを見るにつけ、側近の従者にすら悟られぬよう微笑みを隠すのが精一杯の所作であった。

長々と続く儀式の官職によるちょうぼうの辞（祝いの言葉）など、耳に入るはずもなく、もはや心は今夕の宴、酒の種類と命じた魚の新鮮な身が舌の上で心地よく混ざり合うのを想像するばかり。美酒とはこのことを言うのであろう。尚徳王が美酒に酔い、舞踊にいそしんでだけいれば、この時やはり京都の足利義政がそうであったように、この琉球は変わっていただろう。義政時代、武家の豪胆で荒削りな文化に代わって、武士でさえ茶の湯に勤しみ、生け花を愛で、詫びの極み、隠された美の象徴銀閣寺に代わる同じような建物をもこのパイカジ（南風）の島に生んでいたやもしれぬ。

青年王は何をやってももてはやされてはいたものの、その王としての技量においては所詮、操り者、お飾りとの厳しい世間の目を感じるだけの才能には恵まれていた。酔っては暴れ、暴れては酔う、まだまだ男子、そして二十代前半とあれば、わびさびなどという文化にすべてをかけることなどできぬ相談。自分は王である、たとえ僥倖、棚からボタ餅と言われようが、王なのだ。この事は誰一人それを否定する者はいない。なぜなら王なのだから。

しかし、だ。毎日の玉座に座り、ミスの向こうから上申、伺いを聞くものの、いつも決めるのは左に控えた金丸。自分の即位と同時に、今や黄冠（官職の最高位を示す）すらいただくようになったその貿易長官、彼が決する内容を曲げることも、止めることも、いや、何かを問いただすことすら憚れる。王は声を上げてはならぬ、言葉を発してはならぬ、お付きの耳係、下知係は自分の顔など見てはいない。聞き耳を立て、真剣なまなざしで問いただすような目をして見つめる先、それは黄色い冠、金丸長官なのだ。体のいい監獄。王はそう思った。知っているぞ、所詮金丸お前だって成り上がり、たかが伊是名の島を追われた水飲み百姓ではないか。今さらどちらがとは言わぬ、しかし確かにこの体、私のこの王の体にはお前にない尚氏の血が流れておる。尚巴志の勇猛な血だって騒がぬわけはない。よかろう、いちいち細かいことに口を挟むのはよそうではないか。今日の御前会議の明の使者の件などお前に任すわい。王は王のように振る舞う。やってやろうじゃないか。王としてやるべきことを。

そんな妄想にいらいら深入りしている頃、耳係の従者が「すべて王のおぼしめしの如く本日も計らわれました」などと言う。

「よろしい、芥隠和尚を呼べ」

先頃、京の様子を持ってまたこの島に戻ったという、その僧の話を所望する。食事や遊興以外でほぼ唯一、王の思う通りとなるこのハイカラ和尚との面談が今日も急ぎ夜取り計らわれることになった。

「和尚、例の飢饉（長禄・寛正の飢饉）はいかようになった。京はまだ安寧にあらずや？」

尚徳王が就任した寛正二年（一四六一年）には、大量の流民が市中に流れ込んで京は荒れ、死者が増えた。この年噴火したマリアナ海溝の海中火山のせいで作物が不作、大雨は容赦なく民を襲っていた。飢餓と疫病によって、寛正二年の最初の二ヶ月で京都で八万二千人の死者が出たと言われている。こうした話題を聞くにつけ、異常気象が大和にもたらした異変、災害で、かの国の国力がひどく弱まっているのを聞いていた。今夜はその後の話じゃ。あの戴冠式から五年、先の飢饉からも五年、京や堺は果たしてどのように変化しているのだろうか？　回復しつつある経済が彼らの生きる方向を支えている、そんな様子を聞けることと一人思っていた尚徳王に、まず僧芥隠が述べた話は極めて意外、この政治経験のない青年王であっても心配せずにはおられぬありさまだった。

民は飢え、守護職は自身の食い扶持に下々の米蔵をも襲うありさま。これだけの惨事にもかかわらず、室町幕府の将軍足利義政は花の御所の改築に夢中で世事に全く関心を示さず、見かねた後花園天皇の諫言をも無視した。

「戦の神、将軍が動きませぬ。それゆえ、大和はただただ争い、せめぎ合い、そして疫病や不作がひたすら民を苦しめています。」

「なぜ、その将軍の首を取らぬ？　なぜ、戦にならぬ？」

若き王はごく当たり前の質問を発していた。

「それは……」

しばらく僧芥隠は考えあぐねた。

「それは、もはや争うほどの領地を持つ者がおらぬゆえ、敵ならぬゆえでございましょう。」

「敵ならぬとはどういうことか？」

「敵ならぬとは、争うほどの力を皆、余力を持っておりません。一族、病から逃れ、食いつなぐ、ここ王の国では当たり前のことが、皆それこそ生きることの戦いこそ激しく、まして権力、争いなど武家の力はございません。もし、このまま放っておくようなことがあれば、たぶん乱が起きましょうぞ。大きな乱が。」

「民が立つということか？　我が世でも先王のそのまた前にはまだまだ乱が多く、民は食うや食わず、作物満たされねば乱に走る世すべしかなしと聞いたことがある。」

「そう、それ、その通りにござります。そして、乱こそ、経済の民、交易の民にとっては利を得るよすがにもなりましょう」

「と、いうと？」

尚徳王は自ら体を乗り出さんばかり、王としての矜持より若者の興味の方が勝っていた。

「乱には戦支度が要り申す。また、乱のよすが、民の作付はなく、あれば、米、粟、なんでもその価値はいくらでも日のごとく高く舞い上がりましょう。」

なるほどとうなずいた青年は、少しずつ何かを感じ始めていた。

「堺の商人は乱を好みます。武家はその商人から武器のみでなく、生きるよすが作物すら借りなくては乱の時代、生きることはできますまいで。さようなものですから…」

僧芥隠はこの青年王が若い頬を紅潮させ吹き出る張りのある皮膚の湿り気からは、若人の体臭すら匂ってきそうな様子、つい先頃に堺の商人から聞いた乱を好む話、堺の商人こそ、この変革の時代でまさに生き残ろうと、武家、公家を手玉にとって乱すらも画策しようとしている事実については、これ以上話すわけにもいくまいという心を決めていった。もしやして、この王は…その不安を振り払うかのように話題を替えた。

「それよりも、御璽、明の新しい貢献物の中に珍しいものがございましたゆえ、それを今宵はお楽しみいただきたく…」

僧芥隠の話題のすり替えに、玉座に再び背を預けた青年王は、若い眼を輝かせ、そっと長い白い指でとがった顎を撫でながら、何やら考えをまとめようとしているのが見えた。その先に見ているものが、今話題にされている珍しい果物であり、西洋の果実酒であるのか、それとも……。その答は、しばらくぶりの黄冠金丸長官を交えた、御前会議で明らかになってくるのであった。

一四六六年　首里――

明との朝貢貿易が年に一回の特別なものであった時代は今や昔、最近の月に一度となった泊と福州の交易船こそ、大きな意味での大和と中華民国との太いつながり、相互に隣国同士という立場のはっきりとした交易の形が出来ていた。青年王統治四年目のこの春、明からもたらされた文物の多くは、高値で大坂堺の商人たちに引き取られ、義政の不作による混乱、勘合貿易の死に程な様を大いに補完して余りある交易のパイプとなって成長してきていた。琉球は、堺そして京都にとってなくてはならない非公式交易の担い手として、台頭していたのである。

今年何度目かの明船とのやり取りの成果を話し合っていたその首里の奥座敷での会議において、金丸のさらに一段上に陣取って聞こえるか聞こえないかの大きな距離を置いて座していた尚徳王の鐘杖が、この日はやけに活発に音を放っていた。

金丸の部下が、一舟ごとの交易成果を一個報告するたびにカランコトン、また数字が述べられるとカラン。最初は無視を決め込んでいた金丸長官も、さすがに後頭部それもすぐ上部から発せられる場違いな不協和音に首を動かさざるを得なくなった。金丸は、王のお言葉係りをそっと呼び、王に何かしら発言の意思があるかどうかを静かに聞くように、そしてその返答にそのまた下知係りを呼びつけては思案することを繰り返した。最初は、「船は今後何隻来るのか？」「船員ウミンチュの数は足りているのか？」「交易の一番の利益は何の商品であるか？」といった、ごくありていのご下問。いちいち答えるのも面倒と、太子はそのそばに控えていた助係りに王への返答を託し、まるで王の質問を無視するかの如くしずしずと、首里の大見どころを退出、左の正殿わき、いつも鎮座する唐様の机に帰っていった。

どのくらいだろうか、遠くに鳥の声を望む静寂は先の王への返答を託した助係りに指定された副官の慌てた足音に邪魔されることになった。

「太子様、王が、王が…」

「いかがした？」

「北へ、北へ上られるとのお話で…」

いつもの読谷もしくは北谷の娘かよい、若い王の気晴らしと早合点した金丸。

「いいではないか、日が高くとも咎めるよしはない、良しなに、さっそく出立の準備を差し上げて、ま、そのまましばらく娘と逗留でもしていただいた方が、こちらはありがたいくらいじゃて。」

長官の一旦上がった口元は、次の従者の声で真一文字に。

「いえ、娘ではありません、北の喜界島、そのまた北の奄美に兵をお出しになると」

ふーっつ、できるはずもなかろうて、そのようなこと、言わせておけばよい。

「して、その兵とは、王は、どのようにお連れになるのか、誰かどこかの地頭でも、頼られるのか？」

「それが」

遠慮がちにこのお告げの者が差し出した書面は、金丸長官の真紅の椅子を音を立てて覆すのに十分なものであった。「王言勅紙」と大書されたその書状には、こう書かれていた。

一つ、成年に達した者はすべて二か年の間、王の兵として奉仕すべし。

一つ、兵の補給、兵の見立ての品は無条件に村、民家は差し出すべし。

言い換えれば、徴兵制と上納年貢をいきなり課すという。策士金丸をしても想像だにせぬこの書状に呆れ、従者の止めるのも聞かず、黄冠さえつけず、王の首里奥の座敷にある居所に向かっていた。琉球の交易の要を担う首里のこの部屋には、一つぽつんと、主を失った黄色い冠と位階衣の打掛だけが、色の濃い存在を静かに主張するばかりであった。

首里の奥の院、王の午餐はこのところ豆腐よう、牛、羊はもとより、海産のアオサ等そうした小料理の数々がこれでもかと並ぶ平台の大きな卓を二人以上の女官が、かいがいしく主の口元に長い中華箸で差し出す者を、目で王は指図しながらこの時はいつになく上機嫌で、楽しんでいる最中だった。

来たか、金丸の遠くから聞こえる首里渡りの黒い廊下を、さも足音を出さんばかりの大股で近づく気配におののいたのは女官たち。そして従者の控え侍らである。理由を知っている王その人はむしろしてやったり、うまいものを邪魔されたなどと無粋なことは言うまいと密かに胸の内でつぶやいていた。南面の廊下に琉球の射すばかりの日を背にし、玉卓から見れば黒い影にしか映らぬ金丸長官のシルエットからも煮えたぎる心持ちを映しつつ、立ちはだかる黒鬼がもの言わぬ式神よろしく進み出る。勢いこそ呈をなしつつにじり寄る間にも、もうひと押し。火薬に火が付きそうな勢いである。

しばらくの沈黙は、どちらともなくかけられたことわりの罠、最初に口を開くのはやはり子ほども若い尚徳王であった。

「いかようにせんか、我が下知玉言に急ぎたましゅうの儀か?」（どうした、私の下した命令に早くも祝いの言葉を述べに来たのか?）

ひねくれた妾の子は処世の表現に長けていた。

「いかな思しめしでくだされたのか、そのよるべのわけを知りとうにございます。」（どうしてこんな書面を出されたのか、理由が知りとうございます。）

ふーと、わざとらしくため息をつく。勢いのまま王。

「大和の様子を聞いてはおらぬか。世辞は乱れ、民は苦しみ上下問わずアラかたの騒乱の極みとて、しからばこの琉球、大和併合の地の利を今や試さんとすにすぎぬわい。乱のことを知らぬとは…」

あからさまな非難の言葉はさすがに言いよどむ若王。

「むろん、知り起きております。王はその乱の民に我が琉球の民をも巻き込まんとのおぼしめしか？」

「そうではない。この乱こそ、我が国頭にとってその矛先舳先を大きく伸ばすべき、たまさかの神が下された時の利であろう。アマミキヨこそ喜界、奄美の島々を程のうして我が國臣に加えよとのお告げじゃ。そに、違いわないよのう。」（この乱こそ、琉球国にとって領土拡張の好機。これはまさに神が与えたチャンスであり、奄美島までは直ちに平定せよとの神のお告げである。）

神を出されては、太子も取り付く島がない。今こそ交易、ウミンチュ、そして堺商人の知恵と力をもってして、この国の富、永年続く王国の土台を画す時であり、外の世界との交戦による国力財政の消耗は避けるべきとの金丸の気持ちは、到底王には通じてはおらぬ。

「アミマエル世、その神道はこそ、我が意も迎えり、ただ、国の民に力も下知物も普請も、請しては王の王たるよすがは如何ばかりなものか、太子ここに身命を賭してその行きがかりや今一度、いや、三度四度とおぼしめしめぐらされんことを…」（神のお告げはそうではあっても、私の考えも聞いてください。民に普請を、兵役までも課しては、王の王たる基礎、要が疑われます。私、貿易長官は身を挺して一度二度、それ以上、三度四度と考えを変えていただきたく…）

途中で、冠を忘れた太子の言葉はさえぎられた。

「たまさかの我が世の御世こそ先王の神代にこそならうべし。」（奇跡的に私が王になったこの国の今こそ、先の王たちの昔のように領土を広めるべきである。）

下がれよとこれまた若いすらりとした手の甲が太子に向けられた時、長官の中で心のピンがはじける音がした。まるで小姓の一人のように、何ものをも従えず、なにくれぬこの南国の風のざわつき、鳥の鳴き声、遠くに響く潮騒さえこの高官の気持ちさらばえを慰めることはなかった。

外れた蝶のつがいは、以降、硬く口を閉ざし、この玉言の三月の後、王は言い放った通り、一四六六年即位から五年を経て、国頭の北、喜界島、そして奄美大島を攻め落とすべく、二千とも三千とも言われる普請された兵士を携え、琉球本島の西のぼりの街道、日の傾けばその紅の光がさえぎるものとてない海原を越え、戦人、一人一人の陰影を砂浜に描きながら、先頭の王の身そのみなぎった若さゆえの一途な思いに心たぎらせ、従う将兵の思い面影はどこへやら、勝利を信じた美しい若人につき従う軍勢の趣は、これから一年と経たずして、辺戸岬の先、飛べば届きそうな喜界島や奄美大島など島々を次々に占領し従えていくことになる。

これになびかぬ者はおらぬ。その勢いに、勝利の帰還のたび、最初は金丸の顔色を窺っていた地頭の中にも、少しずつ尚徳王につくものも現れた。僧芥隠もその一人、安里太子や金丸らの目を盗んでの上申、講釈も、そのうち回を重ね、しかも、戦勝の次の手を問われれば悪い気のしない経済僧の思惑は、この趨勢を大坂堺の実力者たちにつなぎ、あわよくば京都の支配勢力にも王の足掛かりを付けんが勢いを増してきた。

これは行けるかも。そう思ったに違いない、僧芥隠をはじめとする中間層の動きが徐々に尚徳王をたたえて、大手を振るようになり、これまで実直に王の戦の経済を支えようなどとは久米島の砂粒一つも思わぬ金丸長官にとって、もはや打つ手は一つ。一人さみしく権勢を辞し、ひっそりとした隠遁生活に見せかけて、首里のすぐ裏西原の間入りに引きこもっては、王のいる首里の空気など吸っていては寿命が縮まるなどとうそぶきながら、良い歳になったのをいいことに、これもまた強がり、そして言い訳にすぎぬものの、そろそろ若者の王にすべてを任せてもよかろうなどと、目の笑わぬ冗談のごと言いふらしつつ、あの護佐丸退治の先頭を眺めていた西原居宅の秋霖縁側より、静かに西の城を眺めるばかりの隠遁、隠居生活が始まった。

その実、多くの有能な首里官僚たちを使い、多くは太子の任命により、また、太子からその付け方を学んできた秀才の抜け目なくまた用心深い西原参りを通じて、王の現状、戦の先々、そしてまた、この琉球の悠久の未来を自ら見届け、作り構築していかんと有り余る時間で計を練るばかりの日々になった。静かな隠遁の日々。その風向きが変わるのは、奄美遠征が終わって後、一四六八年、うーくいの日、旧盆の厳かな夜、琉球の善良な市民の家々にはもうなん十年も続いている送り火、ボン冊をあの世で使えるようにと札束に似せた一塊の神銭を燃やし、そこかしこの家々に揺らめく人魂のごと小さな炎が音もなく灯されれば、大きな蛍火のようにあちこちで揺らめく夜だった。

二〇一八年　幸喜――

今年もエイサーがお店にやってきた。エイサーとは、毎年夏の豊年祭、日が暮れた後、幸喜の青年会が村の主要な場所で披露してくれる琉球踊りである。笛、太鼓の音は独特のリズムを刻み、昔の衣装に身を包んだ若者たちがレストラン前の駐車場で威勢よく舞ってくれる。沖縄の若者には美男子、美少女が多い。いろいろな地域の人々が集まる交易のこの島では、混血の特権をもって生まれた者が多いように思える。

琉球王の中で一位と言われる美青年王、尚徳、その面影を思いながらぼんやりと舞踊を眺めていた私は、生臭い気配にあの老人を思い出した。

「尚徳はのう、血気盛んな王じゃった。」

まるで見てきたかのような物言いは間違いない。

「来てたんですか、予約の時言ってくだされば、ワインの一つでもサービスしましたのに。」

そんな私の問いかけなどなかったかのよう。

「尚徳王はのう、大和すら自分の支配下に置こうとしたんじゃ。」

「何のことですか、喜界島や奄美大島までは占領したって聞きましたけど、大和までとは大げさでしょう。」

「いいや、尚徳は京の都に上っておる。」

「まさか。」

「本当じゃ。京にある相国寺の記録に、一四六六年尚徳が足利義政に朝貢に出向いたと記録がある。」

「へーえ、京都にまで行ってたんですか。」

「そう、その時にな、将軍居室から退出する時、従者が礼砲をならして京の街を驚かせたとある。」

「ははっ、それは愉快。さすが青年王だ。」

「愉快ではない、京の街に火薬を持ち込み、それをぶっ放して力を誇示しようとしたんじゃな。」

「そりゃ今の北朝鮮が核実験を繰り返すようなもんですね。小国の若き王はやることが似ているということか。」

「そうじゃ、当時将軍をはじめ力のある宮家ですら、火薬など知らん時代じゃ。そして、世は大飢饉で乱れきっておる。その街中でドカーンとやって、何が起きると思う？」

「そりゃあ目端の利く地頭なら火薬を手に入れようとしますよね。そうしたら、ひょっとして天下が取れるかもって。」

「そう、その通り。この時の京都への上洛の旅に使われたのは、堺湊の海賊船じゃ、堺はその後、応仁の乱を仕掛けておる。」

「ちょっとちょっと、堺って商人のことでしょう。商人が応仁の乱を仕掛けてるってどういうことですか。」

えっと、応仁の乱は…スマホに出た年代は、一四六七年から一四七七年までとある。とするならば、確かに尚徳王の時代ともダブってはいる。

「そう、その火薬見本市とも言うべき、尚徳のぶっ放し事件の翌年、応仁の乱は始まっておる。山名宗全、臨済宗の怪僧はこの時の当事者の一人、ここに来た僧芥隠は、その一門じゃ。」

「うーん、複雑すぎてようわからん。」

「単純なことよ。武器商人堺の連中が乱を仕掛け、山名がそれを利用したという、そして、その武器の供給元が、ここ琉球じゃった。だから、尚徳はその時代に、武器商人を通じて大和制覇までをも夢見たというわけじゃ。」

「もし、それが成功していれば日本の歴史は変わっていたでしょうね。尚徳は将軍になっていたかも。」

「それはありえん。」

「なぜですか?」

「お前も気付いたじゃろ。琉球は真ん中なんじゃ。」

「???」

「明の火薬精製技術あっての琉球、たとえシトク少年が気付いていたようにこの国が黄色い石、火薬原料の硫黄を輩出していたとはいえ、まだまだ火薬を精製する技術はなかった。だとすれば、交易でのみ力は発揮できるのじゃから、自ら大和を制しては、到底明との朝貢は続けられんし、明はそんなこと許すわけもなかろうて。」

「でも、その明ももう力は衰えつつあったんじゃ…」

「腐っても鯛。大国の終焉はそうは急ぎ足では来ぬ。この尚徳も、そのことに気付くべきじゃったな。」

「そっか、じゃあなんで尚徳はその気になって、京まで登ったんですか？」

「堺じゃ。世の混乱で一番利益を得たのは、結果堺の商人じゃて、尚徳はその一人のコマに過ぎなかった。」

「そうか、武器商人が政権を動かす。北朝鮮にもそういう原子力の武器商人がついていたりして。」

「そりゃ、おるじゃろう。そうでなきゃ、あそこまでアホなことは怖くてできん。尚徳もまた、おだてられ、そのみこしに乗って京までやってきたというわけじゃ。」

「デモですね、そういう武器商人を味方につけた尚徳王、たしか一四六九年、京に行ったその三年後にはもう退位してますよね。いよいよ、その後をシトク少年が王に就くんですよね。」

「シトク少年など、そんな呼び方をしてはならん。金丸長官じゃ。」

「そっか、もう五十歳にもなってますもんね、この時。で、どうやって王になるんですか？その金丸長官が。ちょっと聞いたけど、平和裏に話し合いでなったとか。」

「アホ、そんな簡単なものではない。その謎を知りたければ、ソウゲンジに行け。」

「あ、出た。ソウゲンジニイケって？」

「寺の名前じゃ」

ネット検索した寺の名前は崇元寺。那覇市泊の臨済宗の寺で、一五二七年創建とある。

「えらく時代が違うじゃないですか。」

「よう調べてみい、寺の建立は後じゃ。その前からこの崇元寺は王の祭礼の場所として政に使われておる。とにかく行って見てみるがよい。」

老人はそう言うと、レストラン下の用水路（琉球時代からあると言われる幸喜の人工水路）から上の駐車場に上る場所に植えられた芭蕉の木を眺めた。

「この芭蕉の木は、神聖なものよ。もっと手入れせにゃならんて。それに、ここ、木の下の草はなんじゃ、手入れもせんで、よう、エーサーを奉納できるものよのう。」

「エーサーって、奉納するものなんですか？　みんなで楽しむだけじゃ？」

「当り前じゃ。毎年の豊年を感謝し、来年の収穫を祈願する、その感謝の気持ちを奉納せんでどうするというんじゃ。」

「わかりました、早速掃除します。」

「そう、素直じゃな。」

踊りが終わり、青年会の若者がレストランの用意したピザやポテトフライのテーブルに群がるのをよそに、私は一人、老人に言われた用水路上の芭蕉の木の下を掃き始めた。

「今年のうーくい（旧盆の送り火）は九月の五日じゃ。忘れんようにな。」

後ろで、そんな声がしたような気がした。

崇元寺

創建年代について詳しいことはわかっていない。康熙五十二年（一七一三）に編纂された『琉球国由来記』には「宗廟および丈室の立、何代何年をあきらかたるを知らず」とあり、いつ頃建立されたのか不明。宣徳年間（一四二六～三五）に尚巴志王（位一四二一～三九）によって建立された説。成化年間（一四六五～八七）に尚円王（位一四六九～七六）が建立したとも言われる。が、「何是たるを知らず」と匙を投げている（『琉球国由来記』巻十、諸寺旧記、霊徳山崇元寺、霊徳山崇元禅寺記より）。

崇元寺はまた慈恩寺なる寺院の後身であるともいう。かつて歴代の王は慈恩寺を廟としていたが、その廟は王城に最も近かった。尚徳王（位一四六一～六九）が薨去した後、その親族が不定期に廟に入っては泣哭していたから、その声は王宮にまで聞こえてきた。そのため尚円王は泊村に地を選んで、改めて国廟を建てたという（蔡温本『中山世譜』巻六、尚円王、附記）。

この時、円覚寺・天王寺の開山でもある芥隠承琥（?～一四九五）が開山となったという（『琉球国由来記』巻十、諸寺旧記、霊徳山崇元寺、丈室）。

尚円王は、第一尚氏王統から王位を簒奪して、第二尚氏王統における初代国王となった人

幸喜の龍穴

物である。そのため、それまで第一尚氏王統の廟寺であった慈恩寺にかわる新たな廟寺を建立する必要に迫られた。その廟寺が崇元寺であり、尚円王のフィクサーとも称される芥隠承琥が崇元寺の開山となった。

第七章　海賊の魂

一四六八年　西原――

僧芥隠は、西原金丸邸で近頃は恒例となった旧盆送り、うーくい、送り火の経を上げ、僧から一人の文化人に帰った時、さも言いにくそうにその邸の主、今や隠居の身である金丸太子にひそやかにしかし、重圧をもって「お伝えしたいことがある。」と手に持つ数珠の所作はなめらか、夜の涼風に吹かれて少しは楽になった僧侶の面衣の伸びきった裾を静々と引いて、後ろには布と畳の擦れる音とともに主人に近寄っていった。

辺りには、まだ唐愁の香りビャクダンと桔梗の葉を混ぜたような南国にやっと訪れた夜の平安の闇が、日の光、首里の戦に燃える荒ぶる空気を遠目にこの平安な部屋を満たしている。すでに隠遁隠居の身を託って一年。「この年のうーくいは安らかなものよう。」などと目じりが下がり角ばった顔付きはやや丸みを帯び、「おじい、おじい。」と呼ぶ伊是名をともに逃れた弟のその娘息子に囲まれて、城に行かぬ幸せを噛みしめていた金丸は、この時ばかりは何の申し出も断る気にはならなかったであろう。

　城代生活の末、やっと帰ってきてくれた主、その落ち着いた出で立ちこそ我が望みとの言われぬ思いを胸にした、位階によって今やもう島娘とは誰も思わぬ妻キヤが、目立たぬよう邪魔にならぬようそっと差し出すウッチンの茶で、盆経の声に疲れた喉元を癒し、黙って聞き入る太子に僧芥隠は続けた。

「堺の正弦殿がお見えにございます。」

　太子のまなざしが、かわいい甥姪の方から袈裟懸けの自分に向けられたことを自らのまなざしで確認し、この僧は続けた。

「正弦殿は堺の立て者、泊湊が安里太子に頼るがごと、堺の湊は正弦殿なしに今や一時も動きませね。」

「なして、そのような湊太子、地頭頭《じとうかしら》がこのまた琉球の国へ？　王への接見は何も我に問わずとも、久しう隠居の身でに候えば。」

　ウッチン茶の器を平台に戻しつつ、首を振る僧芥隠。

「正弦殿は身をはばかっての逗留、先だっての王の京での所作、堺湊の商家は若き王の行く末にその世すべをはかりかねております。」

　前年の冬、北の国頭の島々を攻め落としては、勢いづいた尚徳王は、僧芥隠にはかり、京の都、室町幕府の中枢に詣でていた。明のように朝貢を誓うためでは断じてない。むしろ、島々の先、九州からその先の領土すら、この琉球に組み込むぞという宣戦布告。そして敵陣視察。僧芥隠の話によると、大和は異常気候のため作付けも依然悪く、守護地頭らは年貢の取立てすらままならぬ。挙句、食うために商家の言いなりで、借財を重ねた物資の取引に頼るしか手がなく、その困窮は下々の民も同様。違うのは、農家小作はすでにこと切れ、切れた者たちはもう乱を起こすしか手がないとばかりに、あちこちで守護の任命した地頭や現場の小役人に対する小競り合いが頻発しているありさま。そのさまをこの目で見届け、もはや豊かな南国奄美ですら手に入れたこの血気盛んな若王は、京のすさんだ様子にますますもって侵略、領有の夢を膨らませていた。

上洛、この大和の地は、はや琉球の貿易支援なくして成り立たぬと踏んだこの若者は、交易で力をつけつつあった堺の商人すら、自らの中城、読谷のウミンチュら同様、この首里に従うものとの攻め入り魂を隠すことはなかった。

そこは、戦国、乱世を生き抜いた堺商家の最初の長、未だ十を数える暖簾しかない貿易商の集まりは結束が固く、また身を守るすべもしたたかであった。我が琉球、明との膨大な貿易の中継点たる泊なくして堺はない。そうまで言い放った商家の代表正弦の言葉に、尚徳王は気をよくし、ますます室町幕府に代わり、あの先代尚泰久王のごと、世の政に何の興味も力もわかぬ銀閣将軍義政にとって代わるはこの尚徳をおいて他にはないとのおぼしめし。あにはからんや、堺の街は極秘に、この威勢のいい好戦的な青年王の敵陣視察、あわよくば、堺が今後安定と繁栄を確実なものにするには如何ばかりの計略かと、正弦をここ琉球に寄こしたのだ。そして、時代が時代ならば、高級スパイと言ったところの僧芥隠がまた、この密航に手を貸していた。

つぶさに王の変遷を見てきた僧は、当たり前のように、正弦にこの西原間入りの金丸太子と、実力者安里太子こそ、堺の湊とその見る先の世、ともに外界との貿易にて富を得るという、利害も一致してのことと早速の手配がこの「うーくい」の夜の進言となっていた。

金丸も隠遁隠居は仮の姿、首里のすぐ裏という地の利をいかし、城の様子は三日を空けずやってくる登城、下城のかつての部下、地頭仲間から聞き及び、王が本気で大和攻めを画策しているとの知らせに触れるにつけ、その大和攻め戦進の時こそ、その開け放たれた首里にまた一筋の道、もしやとその留守を狙うがごとの策略はふつふつと心の底にためつつあった。

そんな時の堺湊の実力者というふれこみの正弦なる人物の来訪は、予期せぬ後押しになるやもしれぬとの読み。

「堺もたいがいよのう。若王の進む道、力の道じゃてになあ。」

この二人には正弦の申し出を断る理由はない。

おじい、おじいの連呼にこたえる金丸のはしゃぐ様子を見て、堺の話にことのほか上機嫌なこの元高官はいつでも会うぞとばかり、少し丸みを帯びた大きな顔をほころばせ、夏袈裟を引きずりながらも退出する僧芥隠を手ずから見送った。

晴れ晴れとした当主の笑顔とは対照的に、妻キヤの顔は曇りがちだった。これからまた訪れるやもしれぬ国治めの所作に一時の家族に触れる太子主の安寧がいつまた吹き飛ぶともしれぬ。が、思えばこの幼名シトク、金丸との契りこそ、突然の盗水の疑い、夜をしのんでのいつもの諸見からの夜這いの道、安謝の村で待つキヤには、あの夜、伊是名の島を出る覚悟はできていた。それはシトクからも誰からも告げられたわけではなく、島の風に乗ってきた精霊の知らせというべきか。あの夜陰に紛れての逃避行を、いきなりとはいえ決行するシトクにつき従えたのも、島の神、風の神、水の神の知らせ予言があってのこと。この時のキヤは、弟の娘孫らのきゃっきゃという元気な、どこから見ても陰な響きなどありようのないその歓声に、ついあの夜の予感、いつまた乱の時に連れ戻されるやもしれぬ不安を見咎められまいとする、アンマーの慈悲のまなざしにも似た視線で家族を眺めていた。

ふと見ると、さっきの経とともに魂の火を灯していたあの世の銭が最後の炎を青く放ちつつ強い煙を立たせるのが感じられた。遠くに、琉球カラス、一羽の黒カラスの人の叫びと間違いそうな一哭きがこの西原の屋敷に響いた。

山ガラスの響く西原に対し、ここ泊安里太子の変わらぬつましい庵には、ウミネコのやや甲高い海原を越えてやってくる暢気な声が響くのみ。正方形の琉球畳十畳ほどの居室。広くはない欄間を望む四角い空間に、僧芥隠、正弦商人、そして後に新しい琉球王朝を作った二人の立役者、金丸と安里太子が揃った。

あたかも、江戸末期、幕府討伐を謀る坂本竜馬がその武器支援者たるグラバーと屋根裏部屋で密会した時のように、お互いの期待と興奮は静かな空間にも満ちている。違うのは、王朝転覆を謀る二人の立役者がすでに経験豊富、本来今の尚徳王ですら若気のいたり、物わかりさえよければこの二人こそ王朝のすべてを差配していたはず。しかし、一旦王となった者の暴走を止められるほどの力はなく、不遇を託つ二人にとって商人正弦との出会いは、この先の道程を決める転機となる。口火を切ったのは紹介者の僧芥隠。

「こちら正弦殿は堺の湊を、安里太子は泊の湊をお持ちにて、この二つは、大和の表をなし、また、シナ界隈との表をなし、双方にその相互商いの認めができればこれは、皆にとってよろしゅうて。最近、大和は天気、太陽のよからぬに、米、作柄の望めぬに及び、まして外ミ（外海）の交易、食い扶持の商いなくしては立たぬ様相。太子様のウミンチュ、この段取りを取られんことをこの僧芥隠、ひたすら望まんと思います。」

自邸にいる気安さからか、和やかな顔つきの安里太子からは、この会談にかける気概の大きさは全く伝わってきてはいない。

「芥隠殿、正弦殿、我が庵この泊の頭は、久しう大和より波わけて参られたお方をお迎えするほど大きうも、清らでもあらぬが、ますますもって我が連れ添いかた、じゅうじゅうに寛がれよ。京の表、堺は常々、我が泊にとり重きをなす商い先。この契りは王の世にかかわりなく、日の昇り沈み続く限り安寧にして、ご心配には及ばぬよし。」

正弦は商人らしく、うす衣の前をいじりながら、時折、紹介者の僧芥隠を盗み見ながらの開口。

「太子様、私たち堺の商家は未だ数少のう。また、泊のごと外海との商いには通じておりませぬ。これまで、北、南の廻船をはじめとし、南北の山海の珍味を、また少のうござるが、鉄、銀子など大和の北回り、東海回りの小船にて、京の御膳を支えてまいりました。が、昨今の飢饉にて、もはや珍味はおろか米すらも全国の守護、地頭から上がらぬゆえ、多くは今やそとうみ（外海）、つまりはここ泊から入りよります食物にこれ一つ頼りきりよります。

しかし、…」

口を挟もうとした僧芥隠を手で制し、正弦は続けた。

「しかし、そのよるすべが大きくなることをいいことに、今の王、尚徳王はもはや室町幕府など相手ではないわいという勢い。それだけならば我らも王の奄美島喜界島に続く九州北進に手を貸しましょうが、王は堺の交易にも手を伸ばし、我らが長年嘗胆して作ってまいった小さいながらも大和のものの運び、商船の営みすら王の諸行とのお考え。それはそれは我が商家、いかんせんかの瀬戸際にござりまする。」

「王が何か堺湊に対して下知しておられるのか？」

口を挟んだのは、金丸その人だった。

「はい。瀬戸から豊後、而して奄美による廻船にはすべて王の勘合を備えよとの下知。堺の船は足利将軍様にも普請し、そのまた南で尚徳王にも普請せねばなりません。安里様のおかげでここ泊はまさらおの由（安定して外国交易の望める場所）、遠くシャム、越南ですら自由に出入りかないますのに、瀬戸を出たところで我らが船は二重の普請、それでは商売もままなりません。」

「そんなことわり、なにも聞くよしなはなかろうて。これまで通り、この泊においで下されば、我らがウミンチュ、喜んで南海の交易お手伝いさし上げましょうぞ。」

安里太子の言葉に、首を振りつつ僧芥隠が答えた。

「そうはまいりません。若王は、今や海南とも交易のよすがをお渡しになり、先の上洛、京にても王は、大戸太夫なる呼び名にて、すでに山名殿、義政将軍の聞こえよろしく、また近おうしては、将軍家に普請献上のことわりを書状にしたため差し出さんが勢いにて、堺のご返事によってはことごとく奄美で寄港補給を禁ぜよとのお達し。そうはやすやすと無下にもできません。」

その王を助け、海外進出の最大の援助者である僧芥隠の言葉とは思えぬ言いがかりに、さすがの金丸前長官も黙っていられなかった。

「その王も、貴僧のお付けなくば、ここまで権勢を延ばすまいに、今さらそれをどうのとは……」

「いやいや、金丸太子様、我が修行先京の南禅寺は、山名様、足利様あっての寺院ゆえ、そこはほれ、軒を貸して母屋を取られるというではありませぬか。我が臨済の教えでも、すぎぬ心地、無我、空の悟りこそ重きもの、すぎては事を仕損じますゆえ。」

うまいこと言うわい。琉球随一の策士二人を前にしてこの口上、恐れ入ったとばかり目を見合わせる金丸、安里を差し置いて、僧芥隠が続けた。

「和合こそ大事。拙僧はこの南海の王、琉球と、今や京の公家、武家をその袖口に保たんが勢いの堺の商家、これが大和、琉球をそのまま和合させうるその世の流れに今一度、この身を託しとうございます。」

正弦は深くうなずく。

「そう、その通り。今や足利様の権勢を窺う者は後を絶ちません。それはこの琉球の若王にとどまらず、西国の守護、また室町の武家、いずれもが力で横やりとの準備に余念がありません。がしかし、いずれの覇者となりましても、交易、南国との豊かな貿易なくして、その後の繁栄は望むべくもありません。我が商家、まだまだ小なりとはいえ、もしも泊のこの交易にて海原の風のごと、赴く方向に足かせなければ、この大和の国もすべからく、安里様、金丸様の背後の普請地として双方の栄を全うできること、日の昇りより赤く明らかでございます。」

金丸は、幼少の頃、故郷伊是名の島に立ち寄っていた船の頭、オンドーの言葉を思い出していた。

「ウミンチュの世は日の昇るより明らかに来る。船が大きく早くなれば、今はこの硫黄鳥島から泊までの中継がそのうち北の見知らぬ国をも従うことがあろうて。おまんらの行く末は、この波打つ海が、風が決めるんじゃて。」

自由に吹きすさぶぱいかじ（海風）は、その自由さゆえとどまることを知らず、自ら力をそして友を得ながら大きくなる。そんなことも言っていた。オンドーが言っていた世に近づこうとしているのだろうか？　安里太子にはそれが先の尚泰久王の時代から見えていたのだろうか。

堺の商人らが考えた未来はこうだ。

まずは市中の乱を助ける。（後に応仁の乱と呼ばれる一〇年を超える長い混乱の時代、それを助長するという。）不満だらけ、日々の生活もままならない大和の住人、すべてがいつでも少しの資金、物資の援助で乱を起こす。その起爆剤は、むしろどこにでも転がっている。人民の大和への不満は、それほど極度に高まっている。膨らみきった風船をひと突きするなど、何かの小さなきっかけですべては爆発しそうなこの幕府政権は、そのような騒乱の種が尽きることはない。騒乱となれば、勘合がどうの、幕府船がどうのなど、もはやどうでもよい。外海を渡る技術、実力のある者が交易を制する。細々とびくびくとやっていた堺と泊の密貿易はその時、大手を振って行うことができるようになる。南国の豊かな食品、珍しい珍味、そして進んだ武器火薬などは飛ぶように売れるだろう。一方、大和から泊には、金子銀子、そして硫黄など、これまで何の役にも立たないと放っておかれた鉱物資源が、明銭のもと、武器のもと、工作の原料として、高い評価で南国の多くの国に引き取られることであろう。

明の永楽通宝を真似た貨幣の鋳造は、僧芥隠の勧めで、この琉球若王ですら自前の琉球銭の鋳造を試みたほどである。貨幣を握る者が物を制するという明のやり口がすでに南方文化の中に浸透しつつあったこの時期、いよいよ大和の産する金や銀や銅はその価値をますます上げていった。

黄金の国ジパングの伝説は、この堺商人のアイデアから、泊地頭、それに金丸太子らの尽力でこれからこの海原のあらゆる地域に浸透していく。大和はそうした鉱物資源の輸出交易によって、豊かな国になる運命を背負っていた。そして、その運命を具現化するのに、堺の商家と対等に、そして自由交易を認めたうえでの交易関係を結ぶことのできる琉球の王が必要だったのだ。すべてを独り占めしようとする妾の子、若王尚徳の所作では到底無理な話である。

この時の四人の話し合いは、日が沈み、明るい月の光が泊太子の四丈縁側を照らすまで続けられた。そこで、堺と泊、金丸らは、お互いの権勢あらたかな将軍、そして王の政（まつりごと）をそれぞれのやり口で、大きな海原の流れのままに投じていく方策を話し合った。

安里太子らにも、この堺の提案は渡りに船であった。なぜなら、奄美を占領した今の若王は、その奄美の沖、船で一夜の距離にある硫黄鳥島の黄色い石、硫黄にも手を付けようとしていたからだ。この黄色い石こそ、安里、金丸の権力、力の源泉であり、泊の湊、首里や識名園から続く、繁多川の河口から続く運河のその先端に硫黄精製の工場を建立したばかり。その輸出品の濃度品質が上がれば、世界のどの硫黄、黄色い石よりも高値で引き取り手はあまた。その上がりは今や傀儡とならぬ、若王のもの。王の北進、戦闘の源泉力となってしまい、他でもないこの硫黄交易からの上がりが青年王の強気の京都上洛をますますもって勢いづけている。

それを知り抜いている太子二人は、毎夜歯がゆい思いをしていた。いつかは取り戻そうと物言えぬ一物を腹に、王のためというよりは配下のウミンチュらのため、これまで築いた交易相手との広いかかわりを何とか維持はしてきたものの、これ以上王の横暴を許しては、もしや大和をも従え、泊二人の力ではどうにもならぬ勢いに。今のうちならば、まだ手はあるとばかり、堺の正弦を味方にし、戦乱の世を大和に与え、そして琉球は王一人の首さえあらばと心がこの夜決まっていった。大和の乱は若王も望むところ。これを機会にと王が北へ攻め上ってくれれば、その首里の留守こそ我が方のチャンス。良しなに向かう王統の新しい夜明けを夢見て、ここから国作り交易作りの定め、風を動かしていくことになったのである。

この琉球会談からおよそ半年後の一四六七年、京都御所を中心に応仁の乱が勃発する。日野富子と通じた怪僧山名宗全の強気の姿勢がこの乱を作ったとされ、その背景には、琉球貿易の安泰を約束された堺商家の補助援護があった。

なにせ山城の国あるいは四国と、琉球貿易のおかげで、これまで何の意味もなかった黄色い石や光る石、これが金子銀子、銅鉱、また硫黄と金になる。その金はそのまま民を養う食料とも、また権力争いに勝つ武器にもなったのだから、その石が金になるという情報はひたすら山名陣営と堺湊の商人らによって伏され、隠され交易は行われた。この応仁の乱は、堺の商人らにとっての自由な交易、権力の空白をついたやりたい放題を助長し、後に戦国を経て、生野の銀鉱山を手中にした秀吉による天下統一、堺商人と黄金権力の蜜月を生み出すそのきっかけとなったのである。

さて、これから十年以上続く応仁の乱が、堺の商人らによってその勢いを増し、世が乱れるその隙に、交易、自由な渡船事業により大きな富と権力さえ生み出していく堺湊の商家正弦をはじめとする家々は乱の折、蓄えた財力を誇示することなく、むしろ堺の周りには自衛の壁をしき、陸続き外部の乱や小競り合いとは隔世の平和安定を築いていたが、一方の琉球、二人の太子は苦戦していた。

北進の王の留守を狙おうと、応仁の乱の大和騒乱の状況は金丸配下の官僚を通じて王には次々と豊富にもたらされたが、そこはそれ若王も海賊、山賊の血を引く者、今は首里を固めるべきとの恐るべき臭覚で未だ北進はせず、何度も僧芥隠ら京都の僧侶を使った書状のやり取りで、室町幕府に対しては琉球に朝貢せよとの強気の書状をしたためるばかり。また美青年の王は、大和のみならず、朝鮮、マラッカ、現在のタイ、シャムの国とも、この頃直接の交易を始めた。その交易利益の源泉は、やはり硫黄、黄色い石。

そうして一四六八年は過ぎた。しかしその強運の転機は、年が明けるとともにむーちーびーサー（正月明けの餅を食べる季節に吹く冷たい風）とともに、変化を連れてやってくるのである。

二〇一八年　繁多川の河口――

首里や識名園の下、繁多川の河口から続く運河の先に、崇元寺公園はあった。

その昔、臨済宗の寺だったこの土地に立っていた木造の伽藍、寺の修行場（座禅所）や本堂はことごとく先の戦争で焼失し、現在では三連アーチ形の石門が重要文化財として残っているのみだ。この崇元寺を見つけるのにさほど苦労しなかった私は、拍子抜けした思いでその古くからの寺の跡地である公園に入っていった。あの老人がなぜ「崇元寺に行け」と言ったのか。現地に入っても謎は深まるばかりであった。

この場所が運河河口の先にあり、金丸の時代には岬の突端、海っぺりにあったというのは、この川を見ればわかる。すぐ上流をくねくねと曲がる千曲の川が崇元寺交差点からはまっすぐに走る運河となっており、川面は人工的に後で作られたものであることを証明している。そして、あの安里太子の居宅があったであろう安里交差点から、この崇元寺交差点まで信号は一つしかない。歩いても五分。ごくごく近所の寺である。また、この崇元寺公園の接する場所にもう一つ安里公園がある。ここも泊地頭安里太子の所領跡地であるのは間違いない。

崇元寺と太子、その近しい関係はわかったものの、この平和な公園には子供たちのキャッキャという声が響くのみである。隣接する教会の反対、文化財になっている三連アーチの石門に立った時、最初の違和感を覚えた。石門は高さ三メートルあろうかというほど強固なもので、現在では瓦解して跡しか認められないが、この刑務所の塀のような堅牢な石作りの城壁（？）がぐるりと周りを囲んでいたのがわかる。幅はそう、五メートル。三連アーチというのは、その堅牢な石作りの壁をぶち抜いて通れるようにした数少ない出入り口の通路のことで、その中はもちろん暗く、トンネルのようになっている。刑務所か造幣局を囲むように作られた壁にアーチを作り、入り口を作ったような寺門。僧芥隠の出身、京都の南禅寺にも正面に寺の門はあるが、これほど堅牢な城壁のような門は見たことがない。京都にある寺の山門はいずれもきらびやかで、高さや優美さもあり、中には仁王の吽形阿形像がしつらえてあることはあるが、単なる石のトンネルのような門などどこにもなかった。

その暗い石門を透かし向こうを見ている時、何メートルも先の石門の向こう側にひょこっとおじいの姿が見えた。全身ではなく、その半分、どうやらこちらをじっと見つめているようだ。

「おじいさんっ！」

私は反響する声を石門の中に放り出し、城壁を慌てくぐり、そのおじいの場所に駆け寄った。

さっきまでいたはずのおじいはいない。周りを見ていると、石門の足の下、内側の溝のようなくぼみに、小さな親指ほどの石ころが転がっている。反射的につまんだ私は、その生臭い匂いに温泉町を思い出した。温泉？　なぜ自分が温泉を思い出したのか、この匂いは硫黄だ。それに気付くのにそれほど時間はかからなかった。

そうか!!　ここは、硫黄の精製工場だったのかもしれない。崇元寺なんて金丸の時代にはなかった。ここで北の硫黄鳥島から運んできた硫黄を精製し、明や東南アジアの国々に高濃度の硫黄として販売する、その製造拠点だったに違いない。周りの城壁は、その当時からある堅固な囲いだったのだ。刑務所や造幣局を思い浮かべたのも正しいということだ。当時の最先端技術である硫黄精製法を外部に漏らさぬよう、また精製された硫黄を安全に船積みするまでの間、保管するためのここは要塞だったのだ。その後、何かの理由で崇元寺なる寺を建立したに違いない。

その答えはすぐに見つかった。一五二七年、つまり尚円の時代から約六十年を経たこの年、室町幕府と明が和解。いよいよ幕府による官製貿易の時代が再び始まる。琉球や堺の密貿易はお役御免。そうなれば、密かに硫黄を精製していたこの跡地はさっさと隠さなくてはならない。で、作ったのが寺。同じ年、堺公方府という役所も作られ、それまで自由だった堺商人の活動が限られることになった。密貿易の相手が取り締まりの対象になったため、その秘密の貿易の痕跡を消す必要があったのだろう。琉球人の狡猾さ、素早い対応、これに気付いた時、私はレストランスタッフが、お客様の注文を厨房に入れ忘れた時のあの、機敏な天才的言い逃れ文句を思い出した。

「確かにお聞きしましたが、まだ迷ってるようでしたので、もう一度確認しようとしていました。こちらのコースでよろしいでしょうか？」

とぼけた様子は、慌てて精製工場を寺院に仕立て、まだ硫黄臭い伽藍の中で読経や座禅修行をぬけぬけと始める当時の琉球人の様子とだぶり、ありありと目に浮かぶ。応仁の乱の十年、散々儲けてきたその源泉が、この硫黄精製工場にあったのは間違いない。で、その上がりに手を付けられないよう、妾の子上がりの尚徳王を廃し、自らが王になった尚円金丸の気持ちも察しが付くというものだ。

崇元寺石門（重要文化財）

第八章　王統継承

一四六九年　久高島――

久高島が神の島と言われる理由、それは島が男根に似ているからだと思う。そういう性器をご神体にした神社や寺は本土ではたくさんある。この久高島と対をなしているのが、その対岸にある斎場御嶽（せーふぁーうたき）である。ここは女性器。三角の岩のつくりから望む久高島は、この御嶽と島が密接な関係にあったことを簡単に理解させてくれる。御嶽の最も奥、海を望み、久高島を望むそのすぐ手前にある三庫理（サングーイ）の三角の割れ目は、女性器の割れ目そのものだ。その割れ目の手前には、ツキヨダルとアマダユルという、怪しい名前の聖水が滴る場所がある。

豊穣の証である太陽が久高島の向こうから昇ってくる時、この三角の割れ目に届かんが勢いの太陽光が久高島からまっすぐに突き刺さるその情景は、生命の誕生そのものではないか。

血気盛んな二十代の青年王尚徳は、この久高島に来て神聖な儀式、生命の誕生を備える儀式に通うのを嫌うはずがなかった。

金丸、安里らが我が王位を引きずり下ろそうと虎視眈々、狙っているのも知っている。しかし、今や王統の尚氏の血を引く者は皆、乱の疑いありとしてことごとく排除され、いずれも斬首もしくは辺境の地に追いやられている。すぐにこの王、自分の身代わりとなる者はいない。だからこそ、側室の子で本来は到底王座など夢のまた夢であった自分に、この僥倖が舞い降りたのだから。ありがとう、アマミキヨの神。我が王統潰えてなるものか。

自らの子孫をこの久高の地で儀式に則って配することができれば、もはや王権に文句を言うことすらできまいて。北進し、応仁の乱でことごとく大和、室町の世が乱れているのは、ことにつけ報告を受けている。しかし、王の不在にウミンチュを率いた元貿易長官や現在でも海賊を束ね実行部隊を擁している安里太子、何をしでかすかわからん、その思いから、しばらくは首里にとどまり足元を固める覚悟であった。

足元を固める。そのためには、自分の子孫を残し、早くして王の後継ぎとして喧伝してしまうのに越したことはない。この王権は永遠に続く。そうなれば逆らう者などいようはずもなく、もし金丸謀反の動きがあっても、王権続く我に味方する者は後を絶たない。そう信じた若き王は、この春も王統継承の子作りに久高の島に渡った。もちろん、好みの女官、若き王として契りを夢にも見た美しい王妃候補を何人も従えて。

琉球の春は早い。春一番、海から太陽の季節を連れてやってくる春風はむーちーびーさー、正月明けに餅を食べて健康を祈るその季節にもう吹き始める。そのびーさーの風の中、王は限られた護衛とともに御嶽の下知念（しもちね）岬から船に乗って、お気に入りの女官たちと久高の島へ向かった。

王は正しかった。金丸に謀反の意思ありという点で。違っていたのは後ろ盾、堺の湊と泊の湊、その両方の海賊商人たちが金丸を応援しているということだ。資金も潤沢、王が余計な子孫を作ってしまう前に決着の必要があった。その気持ちに、傷に塩を塗るが如く逆立てるが如く、若き王は春の久高島に子作り旅行よろしく女官たちを従えて渡っていった。神聖な儀式である。その儀式の結果が出る前に、王には身罷っていただかなくてはならない。まして、現在の崇元寺跡地になっている安里太子直轄の硫黄精製工場が厳重な石垣に守られ本格稼働した今、このままここ琉球の豊かな國臣の力をむやみに領土拡大に走る若王のもと、これ以上王のわがままを放っておくわけにはいかなくなってきた。あと一年もすれば硫黄精製は軌道に乗り、誰が運営しても儲かる仕組みは出来上がりつつある。

もはや、ここで琉球の王国を手に戻さないと、安里、金丸両人がいつ謀反の疑いで斬られるやもしれぬ。琉球繁栄の基礎、おおもとが確立すればするほど自分たちの存立が危なくなるという、その矛盾に直面した彼らに、残された時間は多くはなかった。金丸らは王の久高到着の知らせをもって、実行に移すしか自分たちの権益と家族を守るすべがなかったのである。

首里、御内原《うーちばる》、その最初の建物世誇殿《よほこりでん》に居所を構え、王がしばらくの久高礼拝に向かったこの時期が、先の尚泰久王の側室今の青年王の母志良礼にとっての本当の新年、ほっとした寿ぎの日である。暖かいとはいえ、冬の終わり、春を告げる海風はこの世誇殿に吹き入る頃には、暖かな海の恵みを使い切り、冷たい空っ風となって吹き込んでくる。志良礼は、それでも、まとった絹衣に芭蕉布の打掛をはおり、お付きの女官たちと火に手を当てながら楽しい朝餉に心踊っていた。冬の琉球、海の色はことのほか青い。首里城本殿の後ろ屋根をなめて見渡す海は、また彼女にとって格別、我が息子が思わぬ王位を継いでから七度目の正月をつつがなく過ごしていた。

その凛とした空気にふさわしく、鎧に身を包みながらも白足袋を履き、しずしずと王母に近づく集団の先頭には、金丸太子の「とも係り」、あの海賊戦闘集団の長でもある体格のでかいその姿があった。王母が頭を上げた先には、内殿に似つかわしくない武装集団が、すでに表の庭先だけでなく、周りの裏門、王だけが通ることの許された白銀門までたむろしていた。王の留守、金丸らに仕立てられた王権の単なるお飾りの王権をついぞ自らの大和、シャム、マラッカ、攻めに思い違いをし、自ら手にした王権と取り違えたその代償は大きかった。

王母はその場で事の成り行きを察した。そしてあの八年前、思わぬ僥倖から、この先屋根の見える継世門から入台し、まさにこの部屋「世誇殿」で王受を誓い、眼前に見える正殿で王冠を受けたあの日、決して自ら政には口を出してはならぬ、側室の子は側室の子らしく王権にあっても、すべてを任せ、金輪際国の財政、治世にしゃしゃり出てはならぬとの、あの誓い、それを忘れての遠征三昧、若王をたしなめることもできず、この時を迎えてしまったことを、今さらいくら後悔しても始まらぬは我が身の定めと、抵抗する気にもならなかった。

彼らとて、王権の平穏な後継さえ成し遂げられれば、我が一族には恨みはない。そんな様子すら伝わってくる大きなガタイの「とも係り」の細やかで親切な様子に、女官たちの中には、事情も呑み込めず、単なる王のお呼び、母君の転居か何かかと誤解した者もいたほどである。王の母がそうであれば、他の一族に逆らう者もいるはずはなかった。内原の首里城はこうして無血、平穏に解放され、落城した。

母の唯一の心配は、息子尚徳王その人の命だけである。抵抗なく落ちてくれればいいものをとの、その願いはしかし、この血気盛んな室町将軍でさえ我がものにしようかというほどの若者にそれを望むのは無理というものだった。太子様にお会いしたい。側室の分際をいやでも思い出した、今や一人の母となった志良礼の願いは、礼儀正しく無視された。

一方の主役安里太子は首里の黄金御殿「寄満《よりみ》」に正月祝いの衣のまま駆け付けた。そこには、すでに主たる地頭、安司の頭たちが、これもまた正装、祝いの趣で駆け付けている。まるでそこは正月の出で立ちというのではなく、あらかじめ決められた新王の就任式を祝うかの様相である。安里太子がこの時期に固執したのには硫黄精製工場の完成もあったが、やはり新王の制定には今回、皆の者が正装で集まることに違和感のないむーちーの祝いの席が最もふさわしいという判断もあった。この席に金丸はいない。隠居の身の金丸は、安里太子の指図のもと、隠遁先の西原で何も知らぬふりであった。

しかして法司（王国の官僚）は、もとはと言えば全員金丸の子飼い、すべては彼から行政にしろ、財政にしろ手ほどきを授けた者たちばかりである。三司官は協議に入り、次の王をいかにするか、王不在のまま、王母志良礼の言葉として、王はすでに退位の意向との言葉が報告された。何人かの候補者の名前が挙がるが、そのいずれにも謀反の血あり、行状に行きがかりありと、手はず通り議論にならない議論を尽くす。そうして一時も過ぎたであろうか、日が天上に昇り、出席者の全員が成り行きに不安を持ち始める頃、おもむろに安里太子から消えゆくような歌声のような、そしてまた力強い神のお告げのような抑揚で、黄金殿の正装の安司、地頭の群れに投げかけられた。

「物呉《ものく》ゆすど我御主《わがうすう》、内間御鎖《うちまうざし》ど我御主《わがうすう》」（財貨を与えてくれ、国の経済を立ててくれる者こそ我が王であり、それは内間金丸様である）

「ヲーーサーーれ。」

この時、尚徳のみならず、王統の一族とは何の血のつながりもない小作の子金丸が王位に就くことが満場一致で決せられた。

このクーデターのその時、前王尚徳は久高島、君泊《ちみんとうまい》に上陸し、外間殿で上陸の報告に向かっていた。正月を迎えたばかりの今年は、十二年に一度のイザイホーも行われる予定で、首里にいてのこれら行事は不可能。これから禊と契りを繰り返し、生命の根源である東の太陽に向かって祈る以外、若い欲求に存分に浸る日々を始めようとしていた。

狭い島内、王の上陸後には、島民は走ることすらご法度となり、静かな太陽と風が祝福してくれるはずであった。その夕なの直前、首里から放たれた王母の密使が何とか久高に上陸し、王のもとに駆けていった。この時の守備の兵はごくわずか。金丸クーデターとの一報に、王は踵を返して帰ろうにももう日は味方してくれはしない。

夜の海は、特にこの久高周辺の海には毒を持った「イラブー」（ウミヘビ）も多くいる。島の南端、イラブーがまはその毒蛇の産卵場所として有名だ。金丸第二尚氏の伝承では、この時、尚徳王は、クーデター成功を知り、悲観して自ら身を投げたとしているが、そんなことは考えられない。なぜなら、この青年王は、朝鮮、大和、シャムまで征服しようというくらいの血気盛んな王であり、自ら身を投げるなど、選択肢にはなかったはず。ただし、金丸手配の側近が、闇夜の海に王と乗り出し、イラブーがはびこるその危険な夜の海に、ぐさりと一刺し、腹の血を流しながらの王を放り込めば、確かに身を投げたかのよう。手配した金丸もそして実行犯も、その策略を知られることはない。

こうして、すべてはお膳立て通りに進んだ、王権の交代劇、その総仕上げは誰あろう金丸、あらため尚氏王統を名前だけ継承した尚円王が、首里に登城、三士官から王への奉戴として、あの珠玉の紅サンゴで飾られた王冠を擁するだけである。そして、これも手はず通り、尚氏を名乗り、王統の継承を宣言すればこそ、三年後の明の使者を待たずとも、朝貢貿易と堺との密貿易は安泰、琉球四百年の安寧の世が始まった。

二〇一八年　幸喜――

私は、例の老人が言っていた古くは首里のノロの出身地として、また豊かな湧水に恵まれ、交通の要として今でも特殊な位置にある幸喜に惹かれていた。そろそろ沖縄にも家をと考えていた時、最初に購入した恩納村冨着の小さなワンルームを紹介してくれた不動産屋が、たまたまこの幸喜の物件を持ってきてくれた。

その土地は、幸喜部落の一番奥、急な坂を上って、眼下に五八号線やブセナの岬、そこにあるホテルを見下ろす。正面いっぱいに名護湾を望み、名護市市街地やリゾートホテルの林立するエリアからほんの近くであっても、一人孤高を保つ場所だった。そう、この山の斜面こそ、伊是名の島を抜け出して放浪の末、シトクらがやっとたどり着いたあの幸喜ビーチ、そこから這いつくばって登りきったあの山である。

そして、老人が語ってくれたように、この山の東、海とは逆の背の方には、高原状の湧水を利用した耕作地が広がっている。シトクやキヤが笑い転げて命名した、あの巨大な逆田(サータ)が鎮座している場所である。シェフ高山は、この逆田の場所を気に入ったようで、「スイスですね、スイス。」と言ってはしゃいでいた。

そう、そこに立ってみればわかる。恩納岳、石岳、辺野古岳に囲まれ、さながらスイスの山間のように緑が広がっている。沖縄では極めて珍しい光景だ。阿蘇のカルデラの小型版がここにある。で、高原の端を割いて現在では高速道路が走っている。道路は台地の下だから、高速の音は聞こえず車の姿も見えることはない。台地の中央、幸喜耕作地の真ん中に立てば、周りには山々の頂しか見えない。そこがスイスというわけだ。

逆田の向こう、紹介された幸喜ビーチ側の土地のちょうど反対の崖の下には、ヘリオス酒造がある。沖縄ではタイ米で作る泡盛が有名だが、唯一紅芋の焼酎を作っている工場である。そしてその向こうにはオリオンビールの工場につながる名護平野が続く。神戸、灘五郷の出身者である私には、そういう酒作りの場所こそ水がうまく、住みやすいという安心感がある。高山シェフはその酒造蔵、ヘリオス酒造もまたお気に入りだ。蔵の中には、これから百年眠らせるという蔵をはじめ、いくつかの酒蔵があり、観光客は見学もできる。ひんやりとして暗い蔵の中には、それこそ琉球王朝時代からの酵母菌や自然の力がそこかしこに眠っているようだ。

帰りに発酵酢を仕入れ、ご満悦のシェフ。

「これで、きつい酸味やしつこい甘みの酢やみりんを使わなくて済むんです。自然な酸味、これはやはり沖縄の野菜の調理には欠かせませんよね。」

私は「紅一粋」という沖縄唯一の芋焼酎が好きだ。屋久島の「愛子」に勝るとも劣らぬ甘みは、泡盛の男っぽい味に対し女性を感じる、和食にはぴったりの味わい。店でもこの紅一粋を炭酸水で割って、よくお客様には勧めている。ゴーヤを生で切ってそれをまた、水割りに沈めるのもいい。どちらもなぜか甘みが増す。きわめて繊細な飲み物だ。東京のお客様はよく、泡盛というとテキーラみたいに酔っぱらうだけのものと考えているが、沖縄にも水さえ研ぎすまされていればこんな繊細な酒もできるんだということを知ってほしい。

そんな議論をしながら、相も変らぬ一本道の五八号線を走りながら、私は、この幸喜の高台に家を建てようと決めていた。裏山も含めて購入したのはそれから一ヶ月後のことだった。家のイメージはもうこの時、出来ていた。別荘風でパノラマの眺めを生かし、この沖縄の海と山のパワーをもらえるような建物、そのデザインは一つしかない。契約の時、おじいが亡くなって相続税の支払いに困っていたというそのおばあの名前は、安里。そして、現在の住所をはと言えば、親戚が持っていた古い家、泊に近い安里交差点脇という。

「それってもしかして、琉球王朝時代に泊の地頭だった安里太子の末裔ということですか?」

戸惑って聞いている私に、まだまだ元気なおばあは答える。

「いやね、安里なんて名前どこにでもあるから。だけど家はずっと昔から、この幸喜と那覇の泊に多いのよね。でも、ありがとうね。あんたが買ってくれなかったら、来月の相続税どうしようかって家族みんなで悩んでいた時だったのよ。こんないい人に買ってもらって、土地も喜んでるわ。本当に感謝感謝だわ。子供が出来たら遊びにおいで。」

おばあから買ったその土地に住み着いて何度も見たものがある。そう、あの老人の気配だ。崇元寺、硫黄精製の秘密と、この幸喜の水に触れて、わかったつもりになっていた私に老人がついに面と向かって現れたのは、住み着いてから最初の正月明け、裏山の頂上から夕日を見ようと自分で切り開いた山道を登り夕なの凪、幸せな時間に浸っている時だった。

「ああ、来たんですね。」

「そう、来たぞ。もうわかったか、ここにお前が来ることはわしは最初からわかっておった。」

うなずかなくとも老人には通じているはず。

「我が子孫がの、困っておっては放ってはおけぬのじゃ。感謝じゃて、ここを引き受けてくれて。」

「いやいや、こちらこそ感謝です、いろんなことがわかったし、私もここに来て本当の幸せを見つけられそうです。それに喜ぶ、まさに幸喜ですよね。ここは。」

「そうじゃ、シトクらもここにとどまっておれば、また大きな幸せにたどり着けたものを、かわいそうなやつじゃて。」

「かわいそう？　なんでですか？　小作の食うや食わずから、琉球国の王、それも四百年も続く王朝の始祖になれたんですよ。」

「そうかもしれん。だがな、その力の源は、硫黄、火薬じゃ。戦争に気が引けて、平和のため人類のため贖罪のノーベルみたいな賞を作ることもままならん。なんせ、海賊、武器商人の手先じゃからの。」

「そうですね、沖縄は海賊文化ですよね。常に真ん中、誰の味方もしないし、誰とも徹底的に死ぬまで戦うことも好まない。天候次第、日和見の戦利品狙いばっかりですもんね。」

老人はうなずいた。

「そう、琉球はそうやって生きてきた。自分を捨てたとも言えるが、そもそも捨てるような自分なら持たん方が気が楽じゃ。心の声は時に強欲、残酷、身勝手なものよ。だがな、それがマブヤー（魂）、人間というものじゃ。ここ琉球人は心の声に従っておる。」

「身勝手なね。それで、納得しましたよ、金丸長官が王になって、尚円なんて縁もゆかりもない名前を名乗ったことも。結局、真ん中、名を捨ててでも、明との朝貢は保ちたかったということでしょう。」

「そう、その通り。わしもそうやって、明との朝貢が保てると踏んだからこそ、金丸を王にし、尚氏を名乗らせたのじゃ。」

「それはわかります。でもそれを後世までずっと守り続けた琉球人のメンタルは、やはり海賊ですよね。財政を見てくれる、戦利品の分け前をくれる人こそ王であり、統治者ですもんね。名前とか、血筋とか、忠誠とか、そんなのはこれっぽちも関係ない。でも、それでいいんですよね、沖縄の人にはこの夕日、夕凪があれば幸せですもん。」

結局、シトク金丸尚円王も、その琉球の海賊文化の中で泳ぎきった人生だったのじゃないか。そう思えた時、私は彼の出身の島、最後に残された謎を解きに、伊是名島に渡ることを決めた。

幸喜山からの眺め

幸喜の高台に立つ家

第九章　琉神

二〇一八年　伊是名島——

伊是名に渡る船は運天港から出る。その名も尚円丸。船体には堂々と、天を指さす尚円王なる人物の絵が描かれている。尚円がこの島の人々にとって特別、いやすべてであるということがわかる。伊是名では未だに稲作が盛んと聞いて、シェフ高山も一緒だ。その船体の尚円王を見て言った。

「沖縄の人は伝説とか、言い伝えが好きですよね。この運天港。源為朝が伊豆大島から逃れてくる最中に暴風雨に遭い、運を天に任せて辿り着いた地だとする伝説があるそうですし、これが地名の由来であるという説もあって、ほらあそこに上陸の碑が建っている。」

シェフの指さす方には、確かに背の高い石碑が鎮座していた。

「伝説に石碑だなんてね。」

私がつい、そんなことを言うと、物思いにふけるように高山は続けた。

「でもこれも、オーナーの言うように、海賊文化沖縄と思えば納得がいくような気がしますね。なぜって、ほら、海賊は自分の周りに伝説や物語をつけて、大きく見せようとするじゃないですか。映画でも、でっかい化け物を倒したぞーとか言って、本当はマグロを釣っただけとかね。」

「ははは、そうだね、そう思うとかわいいよね、沖縄の伝説伝承って。それをまじめに解説する人もいるけど、それは違うよね。海流がどうのとか、為朝の話を裏付けようとする学説なんか、沖縄の人にしてみれば、かえって迷惑なんじゃないかな。」

「どうしてですか？」

「だって、伝説は伝説だから重く大きくイメージが膨らむんで、学説で何とかって説明されても、でもここ運天の人の先祖がそうなの？　それは違うでしょって、解説されたら何の意味もないもんね。」

「ですよね、ひょっとしたら源氏とか、大和の大物と、どっかでなんかの関係があったかもって、内地から来た人がへーえ、という顔をして驚いてくれりゃ目的は達成ですもんね。」

「そうそう。」

　そんな話をしながら、横付けされた桟橋を屋根のない太陽の攻撃を受けつつ、冷房の効いた最新鋭のフェリーに乗り込む。

出港してすぐ古宇利島が見えた。明らかに浚渫され、水の色が違う海の中の運河を出た尚円丸は、シトクらが夜陰に紛れて渡った海を逆の方の島に向かってスピードを上げる。遠く左に最初は今帰仁城、次に伊江島の影を望み、島が遠くなったなと思ったら正面にはもう伊是名島らしい島影が見えてきた。その位置関係は思ったより近いというのが感想だ。

「あれ、ピラミッドですよね。」

高山が指さした方は、山並みの見えてきた伊是名の一番突端にある岩山である。きれいな三角、二等辺三角形はどう見ても人口の構築物だが、その大きさからいってピラミッドというほかなかった。私はそのピラミッドの下にある尚円以来の第二尚氏四百年の王統の墓を確かめたかった。

上陸すると、待っていたのは、この島の村会議員、といっても普段は漁師をしたり北の具志川島への舟渡をしている青年である。お店に出入りしてくれている上得意の伊是名出身というお客様の紹介である。彼の軽自動車に揺られながら、まずはその玉ウドン、ピラミッドの下に向かった。

「伊是名にはタクシーがないもんで、こんな車ですみません。」

タクシーどころか、レンタカーもない。この島に来た観光客は自分の車をフェリーに載せて来るか、もしくは私たちのように知り合いに頼んで案内してもらうしかない。

私は、玉ウドンが、四百年王朝の神聖な墓が、黒々とした石、岩肌のままであるのに、その隅っこの方に明らかに人工的に削った跡を見つけ、どうしても聞いてみたい言葉をぶつけた。

「この部分、これ、東京の多摩御陵に行ったやつですか？」

驚いた顔をしつつ、村の青年村会議員の口が急に重くなった。

「なぜ、それを知ってるんですか？」

「ある老人に聞いたんですが、でたらめですよね？」

「そうでもないんですが…」

「どうして、天皇家の墓石がここから運ばれなきゃならなかったんですか？　八瀬の童子みたいに、なんかの歴史的な背景があるかと思いまして…」

見つめる私の眼を見てか、それともまたあの老人が差配してくれたのか、青年は村でそのことに詳しいという老人を紹介してくれた。

商工会の会長も経験（人口の少ないこの村では、村人全員が何かしらの公的役職を持っているようだった）したというその老人と、彼の経営する民宿の庭先で向き合うこと二時間、やっと核心の話に迫ってきた。

「伊是名島は、今でこそイゼナと発音するが、本来はイザナじゃ。薩摩の役人どもが訛っておっての、『あ』の音を『え』としか発音できんじゃって、こう呼ばれるようになった。」

確かに薩摩方言で「長い」は「ナゲ」で、「あ」が「え」になっている。だから今のイザナがイザナだったというのはうなずける。でも、だからどうしたというのだ。

「イザナはな、だから大昔、神の世の『イザナギ』『イザナミ』の尊の村じゃった。『ギ』というのは、その村の長という意味じゃ。『ミ』というのは、その妃のこと。だから神話にある『イザナギの尊』はイゼナの村長様、『イザナミの尊』は村長の奥様というわけじゃ。」

「ちょっと待ってください。ということは、この島は、日本書紀のその昔の、日本武尊（やまとたける）の両親の島ってことですか？」

「そう。それで、もう一つ、アマテラス大御神の伝説も知っておろう。」

「はい。あの天の岩屋に隠れた姫を連日の宴会の踊りで呼び出して、やっと日が昇ったというやつですよね。」

「そう、それじゃ。その岩屋がこの島の北、伊平屋島にある。」

「へーえ、伊平屋島ですか。」

なぜか私の反応をしばらく見ていたこのおじいは、時間が経っても私が気付かないのでしびれを切らしたようだ。

「いいか、『イヘヤ島』じゃぞ。今の呼び名でイヘヤ。」

そこまで言われて気が付いた。

「そうか！『イゼナ』が昔『イザナ』だったんだから、『イヘヤ』は昔『イハヤ』ですよね。古語の「ハ」は今の「ワ」とも読めるから、伊平屋島はつまり『イワヤ島』、岩屋島か！」

「そうじゃ、岩屋のある島じゃ。ほれ、その島の北の端には洞窟があって、祀ってあるのは天照大神じゃて。」

「うーんすごい。運天港の伝説とはけた違いの伝説、言い伝えだ。そういう言い伝え伝説があって、このイゼナから、つまりはイザナギのミコト、始祖の両親、神の生まれたその島の岩を墓石に？」

「そうじゃ。大御神の墓として、このイゼナの石以上にふさわしいものはありはせん。京都や東京の山ん中の墓石を削るか？　その土地がここほど汚されず、また伝説物語としても素性の通った話はなかろう。」

確かにそうだ。例えば石の産地で有名な大谷石、その石を天皇家の墓として使ったらどうだろう。たちまち周辺はその石を求める人々で埋まるかもしれない、しかもそういう大谷の石を使う理由などどこにもないわけだから、宮内庁としても理由付けに困ろう。その点、神話の上とはいえ、先祖のそのまた祖先、イザナギ、イザナミの尊の出自の島というだけでも、この島の石を使う理由はある。そして、神聖な玉ウドンの石を少し分けてもらうということなら、周りが同じように名も知れない庶民の墓石になっていくことは避けられようというもの。国立公園の指定さえなく、石切は合法、しかし一方で、近隣の石材採取は事実上不可能なら、これほど安全で理由の立つ場所はない。でも待てよ、尚円王の琉球王統が、それでも大和朝廷とつながりなくば、そんなことも不可能だったであろう。

「あっ、そうか。最後の琉球王は麹町で貴族として亡くなってるんですよね。ひょっとして、その時代から、どこかの姻戚関係で今の天皇家とのつながりも？」

この質問をした途端、おじいはすっくと立ち上がり、今日は終わりとばかりに民宿を営む母屋に消えていった。一部始終を聞いていた高山が言う。

「オーナー、どうやら核心に迫ったようですね。そういえば、この島の米、イゼナ米は、天皇家に納めているそうです。いわゆる宮内庁御用達ってやつですか？　でもね、そういう話、この島の人しか知らない。」

「ふーん、で、その米はおいしいの？」

「あれっ、オーナー知らないんですか？　ここの尚円米めちゃくちゃうまいんですよ。どっかのコシヒカリなんか比べ物にならない。異常な甘みがあってツヤもよく、粒も揃っている。大した量が出回るわけではないので、愛好家の間ですぐに消費されてしまうそうす。」

「ふーん。なんで甘いんだろう。」

少し考えてからシェフが答えた。

「たぶん、海水でしょう。」

「海水？」

「はい、この島にはハブがいませんよね。」

そういえば、港の船着き場を降りたすぐのところに、でかでかと書いてあった、ハブのいない島って。

「それは、ある時期、一旦海底に全部沈んでた証拠だそうです。海底にある間にハブが全滅して、その時、この島の土には海水の塩分やミネラルが土に宿った。そのおかげでナトリウムが土壌に引き寄せられ、結果、甘みの成分だけが稲穂に残ったと言われています。」

「そっか。確かに京都でも高級料亭の米は甘いよな。しっかりした粒で、お新香と白飯だけでシメは十分だもの。」

そこまで言って、二人は顔を見合わせた。

「ってことは、この島は大和文化？　食材も調理法も和食？」

そういえば、さっき出された民宿の食事もおかずは、煮魚にモズクに貝の味噌汁。沖縄本島の豚や揚げ魚、どぎついラフテー料理なんかなくて、まるで大昔の大和の瀬戸内料理を食べているような、そんな優しい味付けだった。サトウキビ畑は、戦後の農地政策で作付けが増えたと言っていた。すると、ここにはごく最近まで豊かな二毛作の稲作が盛んだったということか。稲作は今の皇居でも新嘗祭や田植えの儀が残っているほど、天皇、大和の文化と切っても切れない活動だ。やはりここ伊是名は、イザナギの尊の島だったのか？　その島から出てきた小作のせがれが、琉球王朝四百年の礎を作ったことと、この今おじいから聞いた伝説、伝承には何らかのつながりがあるのか？

しばらくの沈黙ののち、これもまた「尚円」というブランドの泡盛を口になめ、シェフが言った。

「海賊の勲章ですよね、伝説伝承は。だとすると、尚円王様は超ド級の海賊の長だから、きっとね、オーナー、彼の伝説伝承もこのくらい大きくないとね。自分の島は、大和の大御神と関係があるんだぞーって。」

「そうだ、それに違いないっ。」

酔っぱらった二人は、この後、街の灯のない、イゼナの海岸を星の輝き月の導きで、そぞろに楽しんだ。ざわざわと揺れるサトウキビ、ウージの下から、尚円か、あの謎の老人がひょっこりと現れ、何かしら告げてくれはせぬかと願いながら。

伊是名島にある王の墓

エピローグ

高山シェフは、琉球の食材を使って、甘辛い豚のフライドリブの一皿と、中華風香辛料をたっぷりと効かせたインド風というよりタイ風でもあるココナッツミルク入りグリーンカレーを完成させた。どちらも、中華と和の技法、食材を無視した異国料理だ。それにもう一品、スパイシーな羊肉の蒸し物！も好評だった。が、審査員の心には届かなかったようで、結果は決勝で五位。だがしかし、シェフは完全燃焼した感もあり、満足している様子だった。

後日、戦いが終わって、また二人で向かった伊是名では、村会議員の青年が、またあの軽自動車で私たちを案内してくれた。尚円王の出生時に体を洗った泉や、あの老人が語ってくれた諸見部落の尚円シトクの家の裏にある、臍の緒が収められているという石碑、たぶんそこには今でも最初にシトク少年がオンドーからもらった琉球王朝のタブー、黄色い石が眠っているに違いない。シトクが逃げ延びる夜も通ったロバの道、安謝の部落キヤの家に続く山越えの道、最後はシトクが最初に開墾した例の逆田、そこには今でもしずしずと泉が湧き、下の土壌は湿ったままだった。

すべてを見終わって、青年が思い出したように連れて行ってくれた場所がある。それは村の民俗資料館であった。多くは後世に中国と交易で得たという文物が所狭しと飾ってあったが、私の目に留まったのは、伊是名のすぐ北、具志川島の出土品だった。〈縄文時代後期〉とラベルされたそこには、人骨に装飾をつけたまま埋葬されたという珍しい発掘物や多くの出土品が並べられている。縄文後期から弥生時代といえば、貝や魚を取っていた狩猟社会から稲作にその経済活動の中心が移った時代である。まるでそれは、農耕の世から交易の世への変化の時代を生き、出世したシトク少年の時代のようだ。〈この時期の人骨でこれだけの勾玉など装飾品を身に着けた出土品は特に珍しい〉と誇らしげに説明文がある。私にはそれが、前に来た時のおじいの言う村の長「イザナギの尊」ではないかと思えてしょうがなかった。だとすると、神話伝承の物語の一端はひょっとして本当の話ではないか？　玉ウドン、ピラミッドの上から見下ろしているであろう尚円王の物言わぬ顔が、また少し自慢げにうつむいた。そんな気配を感じたのは私だけだったのだろうか？

トーナメントの後、宣言通り東京の食品物販会社に就職した高山シェフに代わって新しいシェフを迎えた。幸喜のレストラン脇の拝み所で、この日もまた、儲かりますように、損しませんようにと身勝手な願い事に頭を垂れていると、あの老人が現れた。

「この神の正体がわかったか？」

「はい。ここには琉球の海賊の神がいるのですよね。」

「そうじゃ、単なる海の守りではない。海を舞台に駆け巡るウミンチュの神じゃ。」

「世間じゃ、漁師さんの安全祈願なんて言っていますが。」

「そんなもんではないよのう。」

「で、あと一つ教えてください。こういう拝み所がこの沖縄の至る所にあるけれど、単に神を祀るだけならばもっとまとめて、もう少し大きくわかりやすくした方がいいんじゃないでしょうか…」

してやったりとこの時、初めて老人が微笑むのを感じた。

「これはの、陸の灯台じゃ。それぞれ、その向く方向に島や山や岬があるじゃろ。その方向を確認するための道しるべなんじゃ。」

「そんなものを置いてどうするんですか？　霧の時、迷わないということですか？」

「そのようなもんじゃ。霧や雨であっちの島、こっちの岬が見えんでも、その方角は、この拝み所の向きではっきりする。もしもじゃ、そういう目端の効かん時、戦わねばならぬ時、島が襲われた時、その時の目安として、わしらはこれを祀っておるのじゃ。」

「なるほど。」

「話はこれで終わりじゃ。よいか、自らの心を裏切ってはならんぞ。」

「あっ、ちょっ、待ってください…」

そう言いかけたが、老人は私の目の前で霧のように消えてしまった。

遠く向こうの琉神の島を眺めた時、そこには昇り龍の形をした瑞雲が輝く夕凪の太陽に照らされて、壊れやすい幸せの玉をさも大切そうに抱え天に昇っていく姿が見て取れた。遠くでスタッフが叫んでいる。

「龍だ、龍だ、龍神様が帰っていく！」

帰っていく琉神（ドラゴンキング）

空に昇る龍は、どうやら誰にでも見えるようだ。写メを取るスタッフがなぜ「帰っていく」という言い方をしたのか。「昇っている」とか「飛んでいる」ではなく、なぜそう叫んだのか、心の声に耳を傾けると、その理由もわかったような気がした。

あとがき

「尚円」の話ほど、沖縄の人が興奮するものはない。「尚円」その人というより、彼にまつわる場所、人、そして習慣がここ沖縄のいろいろなところに残っているからだ。ある人は「阿麻和利は誤解を受けている。本当の姿はもっとナイーブで忠誠心あふれる」と言い、ある人は「護佐丸の墓が今もひっそりと人知れず守られている」と言う。沖縄のそれぞれの部落、村の各地に「尚円」の足跡はちりばめられている。

そしてまた同時に、現在でも「尚円」ほど謎に包まれた実在の人物はいない。四百年の王朝を築き、今に至る尚氏王統の始祖の王なのに、なぜかここ沖縄ですら語られることが少ない。足軽から天下人になった「秀吉」や尾張の国の領主から二百年江戸幕府を作った「家康」はいやというほど語られているのに、小作貧農の子から王朝を作ったという意味では「秀吉」に並び、江戸二百年を超える四百年王朝を作ったという点で「家康」を超えているのに、「尚円」のことは知られていない。

なぜか。

それは本書で解き明かした「沖縄最大のタブー」禁忌に触れるからだろう。

こんな話も聞いた。レストランのある幸喜の部落で「恩納村の南には首里を追われたサムライの家が多く、逆に恩納村北部には昔ながらの農民が多い」と。で、こう言うのだ。「だから、ほら、南の人の笑い方は抑えてるでしょ、決して歯を見せない。北の恩納の人は口を大きく開けてガハハと笑う。武士と農民の文化の違いですよね。」

これ、まじめに話す人がいるのだ。それがここ沖縄の琉球文化の面白さを倍増させている。名護市幸喜にあるレストラン「恩ザビーチ」の砂浜側の脇には、琉神を祀った古来からの本当の祠がある。この祠の御神体を祀るため、毎月一日と十五日には早朝からしめやかな舟渡しがあり、村人たちが正装で漁船に乗り込んで祈りの場へ渡っていく。この儀式の船に乗って行ってみたいとお願いしたうちのシェフが、こともなげに断られた。理由は、「ウミンチュ」ではないから。どうです。ここにもタブーが生きている。そして、沖縄のあらゆるタブーの根本、「おおもと」がこの「尚円」にあると気付いた時、本書を書かずにはいられなかったのです。

彼らは、歴史をそしてタブーを今も守って生きている。その生きる歴史そして禁忌（タブー）を感じることこそ、沖縄を旅する楽しみではないか。青い海、きれいな空ならタヒチやモルジブにもあろう。が、現代の人々が今も受け継ぎ、守り抜いているライブな歴史はここにしかない。

ウークイやエイサーだけではない。ウシデーク（臼の太鼓）祭り、カチャーシー、ムシャーマ、ハーリーなどなど、枚挙にいとまがない。「沖縄今日のお祭り」なんてサイトもあるくらい、この島には琉球王朝以来の行事が満載。その一つ一つに深い物語と「尚円」の禁忌タブーが存在している。それを見ないで、海だけ見て帰るなんてもったいない。

レストランで食事の合間、ワイン片手に「気」のあふれた名護湾幸喜のビーチを感慨深げにじっと眺めておられるお客様の様子を見て、そういう歴史やタブーを知る楽しみをお伝えしたい。それを知れば、もっと生き生きとしたパワースポット沖縄の「気」が感じられるのに。そう感じたのも、本書を書いたきっかけである。

この本に出てくる人物や歴史の出来事はすべて実際の歴史であり、現実に沿って書かれている。だから、この本が沖縄を旅する多くの方にとって、琉球の文化歴史や禁忌を知るきっかけになってくれれば、著者にとって目的は果たされたと言っていい。沖縄のタブー、歴史の核心に興味を持ち、そこから、この美しい自然の力、人間の力あふれるこの島を観察する。そのようすが、根本タブーの理解の一助にしていただければ望外の幸せである。

最後に、いろいろ手伝ってくれたレストランスタッフ、また、本書の物語に欠かせない伊是名村の貴重な情報を話してくださった島の皆さん、全員にお礼の言葉を記しておきたいと思う。

伊是名島場外離着陸場

琉球の歴史や自然の力の中に、どうか皆様も幸せを見つけられますように。

山下　智之

平成三十年六月五日　名護市幸喜にて

歴史年表

一四〇〇年から一四八〇年くらいまでの中国の明、琉球、大和室町幕府、尚円個人、一五七〇年前後の崇元寺建立時の出来事をまとめた。

西暦　項目　事象

一三六八　明　朱元璋が南京で大明を建てる。
トゴン・テムルはモンゴル高原へ逃れ　元は北元として存続。

一四〇一　大和　足利義満が明と貿易を始め、倭寇の取りしまりを約する。

一四〇四　大和　勘合貿易が始まる。
倭寇と区別するために、正式の貿易船に勘合という割札をもたせた。
この頃、永楽銭が国内で流通する。

一四〇七　明　『永楽大典』完成

一四一一　大和　足利義持、明との国交を遮断。勘合貿易中止。冊封関係も消滅。

一四一五　尚円　（〇歳）伊是名島の諸見部落に生まれる。

一四二一　明　北京に遷都。

一四二八　大和　正長の土一揆が起こる。
（近江国の馬借が徳政令を要求して起こした初めての大規模な一揆）

一四三〇　尚円（十五歳）弟のユトウ（後の尚宣威王）が生まれる。
一四三二　大和　足利義教、勘合貿易再開。
一四三五　尚円（二十歳）両親を亡くす。
一四三八　尚円（二十三歳）盗水の疑いで伊是名島を追われ、本島国頭へ渡る。
一四三九　大和　上杉憲実が足利学校を再興する。
一四四一　尚円（二十六歳）首里に向かう。
　　　　　途中、幸喜部落（現在の名護市幸喜）通行証を得る。
一四四三　大和　足利義政が八代将軍となる。
一四四九　明　土木の変で正統帝一時捕虜となり、国力が低下する。
一四五〇　大和　能楽・狂言が栄え、茶の湯・生け花・連歌などが流行する。
　　　　　勘合貿易がさかんに行われ、明銭が輸入される。
一四五〇　琉球　尚金福王、即位。
一四五三　琉球　尚金福王、崩御。
一四五三　琉球　志魯・布里の乱起こる。
一四五四　琉球　尚泰久王、即位。
一四五四　尚円（三十九歳）西原内間、間切内間領主になる。
一四五五　明　明実禄で首里焼失の記録あり。
一四五七　明　李朝実録に首里再建を確認した記録あり。

一四五八　琉球　護佐丸・阿麻和利の乱。
一四五九　尚円（四十四歳）貿易長官になる。
一四六〇　琉球　尚泰久王、崩御。
一四六一　琉球　尚徳王、即位。
一四六六　琉球　尚徳王、喜界島・奄美大島に進攻。
一四六六　琉球　尚徳王、京都足利義政に面会。
退出時に火薬礼砲で京を驚かすとの記述が相国寺記録にあり。
一四六七　大和　応仁の乱が起こる。
一四六七　大和　応仁の乱で幕府と細川氏の遣明船が堺に入港。
この機を境に、堺港は貿易に携わる国際都市として発展していく。
この頃、公家や僧侶が戦乱を逃れて地方に下り、京文化が地方に広がる。
一四六八　尚円（五十四歳）尚徳王といさかいを起こし、内間村に隠遁。
一四六九　大和　堺繁栄の 百五十 年始まる。
一四六九　大和　遣明船、堺港に入港（応仁・文明の乱にて兵庫港には入港できず）。
一四六九　琉球　尚徳王、崩御（クーデター）。
一四六九　琉球　尚円王、即位。
一四六九　尚円（五十五歳）即位後、後の崇元寺を整備。尚徳王一族の弔いのためとする。
一四七一　大和　島津家（薩摩の大名）の文書に「堺あたりから琉球に渡海する船が近年増えてい

る」との記載。
一四七六　尚円　（六十二歳）尚円王、崩御。
一四七七　大和　応仁の乱が終わって武将が帰国し、戦乱が地方に広がる（下剋上→戦国時代）。
一四七七　琉球　尚宣威王、即位のち退位。
一四七七　琉球　尚真王、即位（一五二七年まで在位）。
一四八五　大和　山城の国一揆が起こる。
山城国（京都府）で土着の武士と農民が、国内で争っていた守護大名を追い出し、八年間自治を行った。
一四八八　大和　加賀の一向一揆が起こる。
加賀国（石川県）で一向宗門徒が守護の富樫氏を追い出し、約百年間にわたって自治を行った。
一四八九　大和　足利義政が京都東山に銀閣寺を建てる（→東山文化）。
一五〇〇　大和　この頃、朝廷が衰え、公家・貴族などが多く地方に下る。
一五二七　琉球　尚真王、退位。
硫黄精製所閉鎖し寺（後の崇元寺）となる。
一五二七　大和　堺公方府設立（堺商人の取り締まり始まる）。
一五四二　琉球　ポルトガル船　那覇泊に入港の記録あり。
一五四三　大和　ポルトガル人が九州の種子島に鉄砲を伝える。

一五四九　大和　フランシスコ・ザビエルが鹿児島に来て、キリスト教を伝える。
一五五三　大和　川中島の合戦。
　　　　　　　　上杉謙信と武田信玄が信州（長野県）の川中島で戦った。
一五六〇　大和　桶狭間の戦い。
　　　　　　　　織田信長が今川義元を滅ぼす。
一五七〇　琉球　崇元寺、正式建立。
一五七一　大和　織田信長が比叡山延暦寺の焼き討ちを行い、一向一揆を鎮める。
一五七三　大和　室町幕府の滅亡。
　　　　　　　　信長が足利義昭を追放。

＊注　硫黄鳥島（いおうとりしま）は、沖縄県における最北端の島で、同県に属する唯一の活火山島である。十四世紀後半から明王朝へ進貢する硫黄の産地として知られ、琉球王国が滅亡するまで、琉球と明・清朝の朝貢関係を繋ぐ重要な島であった。硫黄鳥島から採掘された硫黄は現在の那覇市の泊（とまり）まで運搬され、崇元寺の西に位置していた硫黄蔵に保管された。一五三四年の『使琉球録』には「硫黄山」、『海東諸国紀』には「鳥島」と記載があり、原鉱硫黄を約三万斤を進貢していたが、船の積載量不足により精錬硫黄に変更され、一万数千斤にまで軽減し進貢している。硫黄精錬は「硫黄蔵」と那覇港敷地内の「硫黄城」で行われ、琉球処分まで作業は続いた。一六〇九年に琉球へ侵略した薩摩藩は、与論島以北の島々を領地としたが、中国との進貢貿易を存続させるため、硫黄鳥島を琉球王府の管轄のままにした。泊村を統括する泊地頭の管轄下に置かれ、島民から選出された役人数人と共に、島内の貢納管理と治安秩序の維持に努めた。

著者略歴

山下　智之（やましたともゆき）

パイロット
大阪観光大学青山飛行クラブ顧問
伊是名島場外離着陸場にクラブ機で離着陸したことから、伊是名村、尚円王の歴史に興味を持つ。
沖縄本島、伊是名島　伊平屋島、奄美大島、粟国島、慶良間諸島や京都、東京での五年越しの取材の末、歴史に忠実に沖縄最大のタブー「尚円」の物語に挑戦、本書を上梓。
著書に『プライベート　パイロット』（舵社　2015年）
メールアドレス：privatepilotjapan@gmail.com
山下のフライト日記ブログは、http://www.pilotnet.org で見られます。

沖縄最大のタブー琉神《ドラゴンキング》「尚円」

2018年7月18日　第1刷発行

著　者　山下智之
発行人　大杉　剛
発行所　株式会社 風詠社
〒553-0001　大阪市福島区海老江5-2-7
ニュー野田阪神ビル4階
TEL 06（6136）8657　http://fueisha.com/
発売元　株式会社 星雲社
〒112-0005 東京都文京区水道1-3-30
TEL 03（3868）3275
装幀　2DAY
印刷・製本　シナノ印刷株式会社

ISBN978-4-434-24937-2 C0093

乱丁・落丁本は風詠社宛にお送りください。お取り替えいたします。